COLLECTION MICHEL LÉVY
— 1 franc le volume —
1 franc 25 centimes à l'étranger

MAX VALREY

LES FILLES SANS DOT

MARCELLE — LÉONIE

PARIS

MICHEL LÉVY FRÈRES, LIBRAIRES-ÉDITEURS

RUE VIVIENNE, 2 BIS

1859

LES

FILLES SANS DOT

hâte

y^2

DU MÊME AUTEUR

MARTHE DE MONTBRUN

Un vol. grand in-18

Paris — Imprimerie de A. Wittersheim, rue Montmorency, 8.

LES
FILLES SANS DOT

PAR

MAX VALREY

— MARCELLE — LÉONIE —

PARIS

MICHEL LÉVY FRÈRES, LIBRAIRES-ÉDITEURS

RUE VIVIENNE, 2 BIS

—

1859

LES
FILLES SANS DOT

MARCELLE

—

MAURICE A ANTOINE

Presqu'île de Rhuis.

L'aspect seul du pays que j'habite depuis huit jours
suffirait pour changer la disposition de l'âme la plus re-
belle aux influences du monde extérieur. Sur une étendue de plusieurs lieues, pas d'arbres, pour toute culture
le blé qui couvre les plateaux de nappes blondes et fré-
missantes, çà et là quelques vignes rachitiques suspen-

dues aux flancs des collines, de rares villages, une po-
pulation misérable et indifférente se mouvant lentement
sous un ciel gris et bas : voilà ce qui frappe d'abord.
Bientôt on s'aperçoit que les lignes uniformes du paysage
ont leur charme pour l'œil et communiquent à l'âme une
sorte de calme qui n'est pas sans grandeur ; cette terre
dépouillée semble plus immédiatement sous le regard de
Dieu, le ciel y prend une importance qu'il n'a pas ailleurs.
En sortant le matin de l'Océan, et en y rentrant le soir, le
soleil déploie des magnificences telles, que son apparition et son adieu deviennent des événements. Les agitations vulgaires s'apaisent sur ce sol, elles paraîtraient
ridicules devant des roches gigantesques qui depuis
six mille ans reçoivent avec une impassibilité égale les
caresses et les chocs furieux de la mer. A chaque pas, un
autel druidique ou une trace de construction romaine
vient ajouter le prestige d'un passé grandiose à cette
nature déjà empreinte d'une majesté sauvage. A travers le morne silence du présent, la pensée entrevoit
les luttes d'une civilisation pleine de terreurs et de
mystères contre le bras de Rome inévitable et calme.
César a passé là ; le jour où il contemplait ces côtes

désertes, elles étaient exactement ce qu'elles sont aujourd'hui, et son ombre y plane encore...

Je passe chaque jour de longues heures étendu sur l'herbe jaune, courte et glissante de la falaise, sans autre société que les libres hôtes du ciel, le goëland, la mouette et le papillon des bruyères. Enivré d'air, de soleil, d'âpres senteurs, à moitié assoupi par le grondement sourd et rhythmé de la mer, je me sens vivre d'une vie immense, complète, et pourtant presque impersonnelle. Les battements de mon cœur s'identifient avec la force qui fait mouvoir les mondes, et ma pensée avec l'infini. L'humanité m'apparaît transfigurée, glorieuse, entraînant tous les êtres animés et les substances inorganiques elles-mêmes dans son ascension vers Dieu. Ce qui m'effraie, ce qui m'étonne, ce n'est pas la lenteur, c'est la rapidité de sa marche, ce sont les changements sans nombre que chacun des courts instants que nous nommons des siècles apportent à ses destinées. Combien nos impatiences, nos plaintes, nos cris, nos pleurs, me semblent alors puérils et injustes! Ma poitrine se gonfle d'orgueil, et je reste perdu dans ma joie, jusqu'au moment où le nom d'un de ces hommes que tu appelles les *rouages divins de la grande machine*, passe au milieu de ces éblouissantes visions avec son funèbre cortége de prisons, de bûchers, d'agonies solitaires. Ceux qui nous ont rachetés par leurs sueurs et leur sang ne s'absorbaient pas dans d'égoïstes contemplations, n'employaient pas leurs journées à suivre de l'œil le vol gracieux de l'alouette de mer ou les zigzags des papillons bleus. Soudainement réveillé de mon rêve, je me lève et je cours m'enfermer dans la hutte de boue et de paille qui me sert de demeure. Là je retrouve des livres, des journaux, vos lettres, c'est-à-dire le doute, les contradictions, l'iniquité, la lutte, la tristesse. Mais qu'importe? ne suis-je pas plus grand dans l'incertitude et la souffrance que pendant les heures d'extase sur la falaise? Puisque la douleur est l'aiguillon indispensable pour nous précipiter vers l'action, se trouver satisfait, c'est descendre au-dessous de l'homme. Les êtres absolument nuls, qui ne peuvent rien pour le bonheur des autres, ont peut-être seuls le droit d'être heureux ici-bas.

LAURE A MARCELLE.

V...

Comprends-tu, Marcelle, pourquoi nos bonnes religieuses du Sacré-Cœur nous entretenaient si souvent des dangers du monde, des séductions du monde? T'amuses-tu beaucoup, cours-tu de grands dangers, toi? Quant à moi, je commence à croire qu'il y avait bien plus d'orgueil et d'ignorance de la vie que de bon sens et de prudence dans les discours qu'on nous tenait sur ce sujet au couvent. En le quittant, mon imagination était tellement préoccupée des périls auxquels j'allais être exposée, que j'en aurais certes rencontré quelques-uns si le désir suffisait pour les faire naître. Eh bien, je suis forcée de l'avouer, je n'ai pas pu découvrir autour de moi le plus petit danger depuis un an entier que je vis dans ce qu'on appelle le monde au Sacré-Cœur..

Le monde! mais l'existence du couvent, avec nos jeux dans de beaux jardins, la conversation des

femmes instruites qui nous dirigeaient, les chants du
soir à la chapelle, était élégante, poétique, amusante,
comparée à celle que je mène dans ma famille. Je ne
t'ai jamais donné de détails ni sur mes parents, ni sur
les gens qui m'entourent; mais c'est aujourd'hui
dimanche, j'ai absolument refusé d'aller aux vêpres,
la seule distraction connue dans ce pays-ci; et, comme
je suis encore beaucoup trop pensionnaire pour me
résigner aisément à m'ennuyer un jour de fête, je
veux essayer d'oublier ma mauvaise humeur en causant avec toi.

Sache d'abord que notre maison est située dans le
plus affreux quartier de V... Ce qu'on appelle la rue
n'est qu'une espèce de sentier tortueux, pavé de cailloux inégaux et pointus, au milieu desquels coule un
sale ruisseau. Devant nos fenêtres s'élèvent d'antiques
constructions dont le premier étage, entièrement re-
couvert d'ardoises, fait une saillie de plusieurs pieds
sur le rez-de-chaussée; de sordides haillons sus-
pendus à toutes les ouvertures sont les seuls ornements de ces masures. Notre propre maison, sauf les
haillons et les ardoises, ressemble beaucoup à ses vis-

à-vis. Elle se compose d'un rez-de-chaussée coupé par un long corridor ordinairement habité par des poules, et extraordinairement par des oies qu'on engraisse dans une basse-cour. D'un côté de ce corridor, le cabinet de mon père, qui est notaire, comme tu sais, et l'étude ; de l'autre, la cuisine et une salle à manger dallée en pierres bleues et blanches et entourée de boiseries déjetées par l'humidité. Au premier et unique étage, qu'on atteint par un sombre escalier à rampe massive, se trouvent la chambre de mon père et de ma mère, celle de ma tante Félicité, un cabinet où t'écrit ta très-humble servante, et le salon. Cette dernière pièce, dont on ne prononce jamais le nom sans respect, est grande, carrée, tendue d'un papier jaune safran à bordure rouge. Des rideaux en calicot jaune, garnis d'une frange rouge, sont symétriquement plissés devant les fenêtres. La tablette de la cheminée, large seulement de quelques pouces, se dresse à cinq pieds du sol ; une pendule de cuivre doré, représentant *Corinne au cap Misène*, la surmonte ; sur le socle, à la droite de Corinne, on admire un petit vaisseau en verre filé ; à sa gauche, un coli-

maçon en sucre. Des flambeaux dorés et des vases de
porcelaine remplis de fleurs en batiste, soigneusement recouverts de globes en verre, complètent cette
décoration. Un canapé et six fauteuils de velours d'U-
trecht jaune, accompagnés d'une douzaine de chaises
de paille, sont rangés contre les murs ; un vieux piano
est adossé dans un coin ; une table à jeu fait face à la
cheminée ; un immense guéridon en acajou remplit le
milieu de l'appartement. Il est absolument défendu de
poser un livre, une fleur, un objet quelconque sur
l'un de ces trois meubles. A V..., pour être réputé
bien tenu, un salon doit paraître inhabité.

Comme j'entends sans cesse répéter autour de moi
que mon père est un des plus riches notaires de la
ville, je me permets quelquefois de dire tout haut que
la fortune devrait servir à se procurer de l'air, de la
lumière, du confortable intérieur ; qu'il est absurde
de manger dans de la faïence écornée, de brûler de
la chandelle, de n'allumer du feu que pendant trois
mois au plus chaque hiver, pour se donner le plaisir
d'entasser du linge dans ses armoires, de l'argenterie
dans ses buffets et de l'argent dans ses coffres ; mais,

malgré la liberté de langage dont je jouis dans ma famille, ces critiques soulèvent toujours de violents orages; ma mère et ma tante s'indignent, comme si j'émettais des idées subversives et immorales; mon père me répond que son grand-père et son père ont vécu comme nous vivons, que ses clients ont l'habitude de fréquenter cette rue, et qu'il courrait grand risque de les perdre s'il transportait son domicile ailleurs.

La description de notre maison doit te faire soupçonner la vie qu'on y mène. Le matin, vers sept heures, ma mère et ma tante vont à la messe; il faut qu'à neuf heures au plus tard je sois dans le salon, une broderie à la main, sous peine d'entendre sortir de vertes remontrances de la bouche de ma tante Félicité.

Ma tante Félicité est une sœur de ma mère, qui n'a pas voulu ou qui n'a pas pu se marier. C'est une fille de cinquante ans, d'un caractère assez acariâtre, qui, à force de jouer le rôle de victime, est parvenue à gouverner despotiquement toute la maison. Dès qu'on la contrarie, elle entame une élégie sur son isolement,

sur son abandon, sur l'inutilité de sa vie; dans ces
moments-là ma mère, qui est la bonté et la douceur
mêmes, se laisserait volontiers martyriser pour la
calmer; et mon père, moitié par générosité de cœur,
moitié par ennui, finit toujours par lui céder.

La journée entière se passe à faire ou à recevoir
des visites. Tout ce qui concerne cette partie des devoirs sociaux est régi ici par un code d'une excessive
rigueur, et ma mère se croirait une grande coupable
si elle transgressait la plus minime de ses prescrip-
tions. Les changements de la température, la dot des
jeunes filles à marier, les recettes contre les engelures
et la coqueluche, sont le fonds invariable de la conversation pendant ces visites auxquelles on attache
tant d'importance. J'aimerais mille fois mieux rester
seule dans ma chambre que d'être condamnée à
écouter de semblables banalités. Mais les lamenta-
tions de ma tante Félicité sur l'esprit de rébellion et
d'indépendance qui, selon elle, s'est emparé de toutes
les jeunes filles de notre époque, effraient tellement
ma mère que jusqu'ici elle s'y est formellement op-
posée.

Comme couronnement de ces matinées, deux vieilles filles, amies intimes de ma tante, arrivent chaque soir vers dix heures. La plus âgée, mademoiselle Agathe, est sentencieuse, discrète, prétentieuse et pédante; quelque chose qu'elle dise ou qu'elle fasse, elle semble toujours vous donner une leçon. Malgré sa prodigieuse ignorance et la vulgarité de ses manières, sa sœur m'ennuie infiniment moins : c'est une créature excentrique, qui, grâce au titre de dévote officiellement porté depuis l'âge de vingt ans, jouit d'une liberté illimitée; elle passe sa vie dans la société des prêtres et se permet contre eux, contre les dévots, contre la religion même, des plaisanteries qu'on ne tolérerait pas dans une autre bouche, mais qui dans la sienne sont considérées comme d'amicales familiarités. Jusqu'à neuf heures et demie on tricote autour d'une table, en s'entretenant des nouvelles de la ville, des naissances, des enterrements, des mariages. Les jours de fête ne changent rien à ce programme, si ce n'est que, le tricot étant interdit, on fait de la charpie pour les malades, dans la crainte de s'endormir.

Mon père aimerait cependant assez recevoir ses

connaissances, et ma mère y consentirait de tout son cœur; mais cela dérangerait les amies de ma tante, qui ont depuis vingt ans l'habitude d'arriver chez nous avec leur tour de cheveux de travers, leur tablier et leur chaufferette. Une petite anecdote, vieille de huit jours, te donnera une idée plus exacte de notre existence qu'une dissertation de cinquante pages.

Dimanche dernier, quand, au coup de six heures, mademoiselle Agathe est entrée dans le salon avec sa sœur, ma tante lui a offert un fauteuil. Cette cérémonieuse personne a modestement repoussé le velours d'Utrecht.

Ma tante a insisté. Mademoiselle Agathe résistait toujours.

— Prends donc, Agathe, a dit enfin ma tante, puisque c'est aujourd'hui dimanche.

Mademoiselle Agathe s'est rendue à cet argument.

De ceci tu concluras avec raison que je suis condamnée aux chaises à perpétuité.

A dix heures, chaque soir, je me traîne dans ma chambre en étouffant un bâillement, et je tombe anéantie devant ma toilette. Il m'arrive souvent de passer ainsi une partie de la nuit sans trouver la force d'arranger mes cheveux. Pendant ces tristes veilles, j'accuse ma famille d'imprévoyance et d'orgueil : n'aurait-elle pas mieux fait de me garder à V... que de m'envoyer au Sacré-Cœur de Paris, parce que c'est la mode d'y faire élever toutes les jeunes filles nobles du département, depuis que ta tante en est supérieure? Pour vivre ici, qu'avais-je besoin d'étudier cinq ans l'histoire, la peinture et la musique? Je puis tout te dire, à toi : quand mes yeux s'arrêtent sur la glace qui réfléchit ma figure pâlie par le sommeil et par l'ennui, j'ai des mouvements de colère contre ce que vous appeliez ma beauté. A quoi me sert d'avoir dix-neuf ans, des grands cheveux blonds que tu aimais tant à boucler et cette main longue et fine qui excitait la jalousie de la fille de la comtesse d'A..... La perruque rousse, les grosses mains et la grosse taille de mademoiselle Agathe ne sont-ils pas plus en rapport avec le milieu dans lequel je végète?

Toi, Marcelle la *sage*, Marcelle la grande, qui m'as si souvent reproché la légèreté de mon caractère et les tendances révoltées et moqueuses de mon esprit, tu

me gronderas sans doute beaucoup dans ta prochaine
lettre. Gronde-moi si tu veux; mais écris-moi. Pour
ne pas perdre tout à fait courage, j'ai absolument besoin de savoir qu'il y a au moins une personne au
monde qui me comprend et qui me plaint.

MARCELLE A LAURE.

Kerléadeuc.

Tu ne te trompes pas, ma chère Laure, je vais
commencer ma lettre par un sermon. Si tu souffres,
c'est un peu par ta faute. Est-il digne de toi de ne
remarquer dans les gens qui t'entourent que le côté
mesquin et ridicule? Un austère sentiment du devoir
se loge peut-être dans l'étroite cervelle de ta tante et
de ses amies; leurs manières affectées ou communes
cachent probablement une âme qui n'a conquis le
repos qu'au prix de luttes douloureuses, et tu réussirais sans doute à faire vibrer dans leur cœur des cordes
sympathiques si ton dédain n'élevait pas entre elles et
toi une barrière infranchissable. Je te trouve aussi

bien coupable de reprocher à tes parents les talents
que tu possèdes, parce que tes dessins ne sont pas
assez appréciés et tes roulades assez applaudies. L'art
serait-il donc pour une femme ce qu'est une mouche
au coin de sa lèvre ou un nœud de ruban à sa ceinture : un moyen de se faire remarquer et admirer?
Dans les rares occasions où j'ai entrevu le monde, il
m'est souvent arrivé d'entendre des hommes émettre
cette opinion; mais je me suis toujours secrètement
indignée de leur injustice à notre égard. Sommes-nous
moins capables qu'eux d'entrer en relation avec la
vérité, de pénétrer le sens des paroles mystérieuses
que balbutie la nature, et de goûter de vraies et pures
jouissances dans cette initiation à une vie supérieure?
Je ne le crois pas. L'un de mes plus réels chagrins,
c'est de ne pouvoir ni exécuter l'air le plus simple, ni
reproduire avec le crayon ou le pinceau les sites qui
m'émeuvent. Tu le sais, accoutumée à une liberté
de sauvage, aux longues courses sous le soleil et sous
la pluie, à l'air de la mer, je n'ai pu supporter le ré-
gime du couvent, et force a été de me renvoyer à mes
landes et à mes rochers. Le précepteur de mon frère,

un jeune abbé bourré de latin et de théologie, mais
absolument étranger aux sciences et à l'art, a été
chargé de compléter mon éducation, ce qui explique
pourquoi je ne sais à peu près rien.

Permets-moi encore de trouver parfaitement absurdes tes récriminations contre ta jeunesse et ta
beauté. C'est justement parce que tu as dix-neuf ans
et une figure charmante, que tu rencontreras un jour
ou l'autre un homme dont l'amour transfigurera pour
toi l'existence monotone qu'on mène à V..., ou qui
t'emmènera bien loin de cette petite ville.

Quant à moi, chère Laure, je dois me résigner à
rester éternellement dans mon désert. Toutes les
préoccupations de mon père se résument en une seule:
laisser à mon frère une fortune qui lui permette de
rendre quelque splendeur au nom tant soit peu déchu
des Kerléadeuc. C'est à ses yeux un devoir impérieux
devant lequel toutes les autres considérations s'effacent. Pour amasser l'argent nécessaire à l'achat de
quelques parcelles de terre destinées à arrondir sa
mince propriété, il condamne ma mère à une existence plus rude que celle de nos paysannes. L'hiver

comme l'été elle se lève avant cinq heures pour voir
traire ses vaches et présider à la confection du beurre
et des fromages, qu'une fermière des environs va
vendre deux fois la semaine à la ville voisine. Sa
journée est remplie par les soins domestiques les plus
grossiers; elle ne se couche qu'après avoir filé un
certain poids de lin, car nous vendons aussi de la
toile.

Surtout garde pour toi ces détails; en les divulguant
tu compromettrais gravement les merlettes de nos ar-
moiries. Augustine, l'aînée de mes sœurs, seconde ma
mère dans ces pénibles travaux. C'est une fille de
trente ans, brusque et forte. Elle obéit si visiblement
à ses instincts en s'oubliant elle-même pour s'occuper
des autres, qu'il faut un effort de réflexion pour lui
savoir gré des peines inouïes qu'elle se donne. Tout
en se prévalant de mes dix-huit ans et de l'exiguïté
de ma taille pour me traiter en petite fille et se moquer
de ma faiblesse, elle se montre pour moi excellente à
sa manière. Quand il m'arrive d'empiéter sur sa spé-
cialité en m'approchant d'un rouet ou en rangeant la
chambre de ma mère, elle m'arrache violemment des

mains la quenouille ou le plumeau, et me dit d'un ton
bourru : « De quoi te mêles-tu? Va donc lire ou soigner tes fleurs, puisque tu n'es bonne qu'à cela. »
Thérèse, ma seconde sœur, moins âgée de deux ans
qu'Augustine, m'inspire bien plus de sympathie,
quoiqu'elle semble déjà vivre hors de ce monde, tant
elle est pâle, triste et silencieuse. Elle ne se mêle
guère du ménage et passe ses journées à visiter les
malades ou à prier dans sa chambre. Une de nos
vieilles tantes m'a souvent répété que Thérèse était à
vingt ans la plus jolie fille du Finistère, et qu'un chagrin d'amour avait détruit sa santé et sa beauté. Elle
ajoutait entre ses dents que, tant qu'on n'abolirait pas
les lois de la Révolution, mon père ne laisserait aucune de ses filles se marier. Ce qui veut dire que notre
devoir, à moi et à mes deux sœurs, est de mourir sans
laisser d'enfants, pour que Hippolyte jouisse sans partage de la succession paternelle.

Cela paraît tout simple autour de moi. S'il s'agissait
de réaliser quelque grande pensée, d'atteindre un but
généreux, je comprendrais cette immolation de nos
existences; mais je ne puis m'empêcher de me deman-

der s'il est juste et raisonnable qu'on nous sacrifie de propos délibéré pour que mon frère puisse passer tous les jours de sa vie à boire, à manger, à dormir, à fumer, à se croiser les bras et à chasser.

Cette protestation intérieure ne m'empêche pas de me trouver parfaitement heureuse dans ma famille. J'y suis traitée en vraie enfant gâtée. Mon père, ma mère, mes sœurs, mon frère même, bien qu'on l'ait rendu un peu égoïste en s'inclinant sans cesse devant son titre d'unique héritier du blason des Kerléadeuc, me comblent de témoignages d'affection et se montrent fiers de l'élégance et des bonnes manières que j'ai rapportées, prétendent-ils, de Paris. En outre, je jouis ici d'une liberté illimitée. De pauvres pêcheurs, qui considèrent naïvement mon père comme leur seigneur et maître, sont les seuls êtres humains qu'on rencontre sur nos côtes. La redingote et les gants d'un *monsieur de la ville* causeraient autant d'étonnement dans le pays, que la trace du pied de Vendredi en causa dans l'île de Robinson Crusoë. Je puis donc faire seule de longues courses à pied. Je me promène aussi très-souvent à cheval. Mon palefroi, de race

bretonne pure, a une allure quelque peu grotesque;
mon écuyer, jeune paysan de quatorze ans, porte de
gros sabots et ne manque jamais de m'abandonner
toutes les fois que je m'obstine à passer dans un lieu
qu'il croit hanté par les esprits. Malgré ces légers inconvénients, je rapporte de ces excursions des impressions délicieuses.

Je pars presque toujours le matin vers cinq heures.
Le soleil n'a pas encore bu les gouttelettes de rosée
qui s'attachent pendant la nuit aux épines de la lande
et au feuillage délié de la bruyère; la campagne est
couverte d'un voile d'argent, sur lequel se détachent
en noir d'énormes blocs de granit, semés au hasard
sur nos collines et dans nos plaines par un cataclysme
oublié, et qu'on prendrait de loin pour les ruines
d'antiques forteresses. Quand ma pauvre monture
m'emporte de toute la vitesse de ses jambes sur le
versant de nos coteaux dénudés, j'ai des accès de joie
folle, et j'éprouve si impérieusement le besoin de rire
et de crier, qu'à défaut de mon page j'interpellerais,
je crois, les buissons. Ma disposition d'esprit change
dès que je m'engage dans les chemins creux; un ter-

rain toujours boueux oblige mon cheval à marcher au
pas ; je lâche la bride et je me laisse bercer par je ne sais
quels songes. Les guirlandes humides du chèvre-feuille
m'effleurent alors la figure au passage sans que je m'en
aperçoive. Si je m'éveille à temps, je n'ai qu'à étendre
la main pour cueillir dans les haies de gros bouquets
de pervenche et d'aubépine destinés à orner l'oratoire
de Thérèse. Le soir j'ai d'autres plaisirs. A quelques
minutes de marche de notre castel, sur une assez
haute montagne qui s'élève au fond d'une baie, on
trouve une immense table de pierre soutenue par des
pierres plus petites, que j'aurais toujours prises pour
un *dolmen* si les antiquaires de notre chef-lieu n'a-
vaient pas décidé que c'est tout simplement l'ouvrage
de la nature. Ces mêmes savants sont beaucoup moins
affirmatifs quand il s'agit d'expliquer l'origine des
excavations d'un pied et demi de profondeur qui cou-
vrent la partie supérieure de cette pierre. Je me gar-
derai bien de te rapporter leurs nombreuses suppositions à ce sujet; j'aime mieux t'apprendre que les
paysans des environs appellent l'ensemble de ces
trous le *ménage du Diable* et donnent à chacun

d'eux le nom d'un ustensile domestique. Il est admis
dans la contrée qu'il se tient, vers minuit, des assem-
blées étranges sur la pierre de Satan. Ce que je sais
positivement, c'est que les gens assez adroits et assez
lestes pour l'escalader sont récompensés de leur peine
par un coup d'œil admirable. Aussitôt après le dîner,
je prends l'un des rares volumes de ma bibliothèque,
Homère, Bernardin de Saint-Pierre ou Chateaubriand,
et je cours me blottir au fond de la harpe du Diable.
De là, je ne vois que le ciel et je puis aisément me
figurer que je combats sous les remparts de Troie, que
j'erre dans les savanes du nouveau monde, ou que je
suis assise avec Paul au pied du cocotier de Virginie.
Je m'oublie jusqu'à la nuit dans ces lectures, et il
m'arrive de retourner au logis si enivrée de mes visions, le cœur si plein de poésie, la tête si échauffée
par mes rêves, qu'en me voyant passer devant leurs
chaumières le front pensif, l'œil brillant d'enthousiasme, les paysannes s'inquiètent et m'arrêtent pour
me demander si j'ai rencontré les fées.

Il y a pourtant aussi de mauvais jours où mes sta-
tions sur la pierre du Diable produisent en moi des

effets tout opposés. Au lieu de m'indentifier avec mes
héros, je ne comprends leurs joies et leurs douleurs
que pour me sentir plus triste et plus vide. La peinture d'une nature splendide que je n'aurai jamais le
bonheur de contempler, d'émotions que je ne con-
naîtrai pas, me laisse à la fois fiévreuse et glacée. Il
me semble qu'une muraille d'airain s'élève entre moi
et la vie; de quelque côté que mon imagination se
tourne, elle se heurte, se blesse, et, convaincue de
son impuissance, se reploie bientôt douloureusement
sur elle-même. Dans ces moments-là je cherche ma
sœur Thérèse, espérant qu'un mot sympathique ou
un serrement de main me fera du bien. Nous parlons
de Dieu, des luttes et des souffrances que les plus
chétifs et les plus humbles doivent affronter joyeusement pour se rendre dignes de lui, des glorieux combats soutenus par les justes, de la communauté sublime que la charité établit entre les hommes. Je me
sens calmée et fortifiée, et je m'étonne de n'avoir pas
compris plus tôt que je pouvais trouver dans Thérèse
cet autre moi-même que je rêve parfois. Mais si le
moindre incident nous sépare et que je veuille ensuite

reprendre la conversation, ma sœur me répond par
des lieux communs de dévotion, et je la quitte désolée en me demandant si nous nous entendions
quelques minutes auparavant.

Tu vois, ma chère Laure, que j'ai aussi mes heures
de folie, et que ton épithète de *sage* pourrait bien
ressembler à une ironie.

Je pars dans deux jours pour Quimperlé. Mon père
consent pour la première fois à me conduire à la foire
aux Oiseaux. Si j'y vois quelque chose de remar-
quable, sois sûre que je reprendrai bientôt la plume.

MARCELLE A LAURE.

Quand je t'ai promis des détails sur le *pardon des
Oiseaux*, je n'espérais guère avoir une histoire personnelle à te raconter. Tu trouveras peut-être que
j'exagère en baptisant ainsi une aventure qui s'est
terminée sans que le héros ait dit un seul mot à l'hé-
roïne ; mais je compte sur mon habileté de narrateur
pour te faire oublier la pauvreté des événements de
mon roman.

Chapitre Ier. — Il est six heures du matin. J'entre
dans la chambre de ma mère. Ma toilette se compose
d'une robe de mousseline blanche brodée par Augustine, et d'un chapeau orné de bluets commandé en
secret à Paris par cette bonne sœur, que mon père
a payé sans trop murmurer.

Sous nos fenêtres on attelle *Mouton* et la *Moricaude*
à un char-à-bancs d'assez piteuse apparence, fraîchement repeint en vert. Hippolyte surveille cette opération. Mon père fait retentir la cour de bruyantes
admonestations entremêlées de jurements terribles.
Les canards et les pintades s'enfuient épouvantés en
poussant des cris discordants ; mais le valet de ferme
et la fille de basse-cour, dont la lenteur et la mala-
dresse ont occasionné ce beau vacarme, continuent
leur travail sans témoigner aucune émotion ; ils savent
parfaitement qu'ils ont affaire au plus débonnaire des
maîtres. Ma mère demande par la fenêtre s'il est
temps de descendre. « Eh ! non ! » répond mon père
d'une voix irritée. Un instant plus tard il nous appelle
à tue-tête en déclamant contre les éternels retards des
femmes.

Mon apparition dans la cour est saluée par un hourra d'admiration.

— Quel chapeau ! s'écrie Hippolyte.

— Il a coûté assez cher pour être joli ! répond Augustine d'un ton de reproche. Combien de reprises aurai-je à faire demain à ces volants-là ? ajoute-t-elle avec rudesse en arrangeant les plis de ma robe.

J'embrasse Thérèse qui a refusé d'être du voyage, ma mère et mon père s'installent sur le devant du char-à-bancs ; je prends place derrière eux auprès d'Augustine. Hippolyte grimpe sur le siége, fouette Mouton à droite, la Moricaude à gauche, et nous partons.

Que dis-tu de mon exposition ?

Je sais qu'une description minutieuse des bords de l'Aven serait littérairement indispensable ici ; mais je me permets de la supprimer et je passe à l'unique incident de notre voyage. Entre Pont-Aven et Quimperlé se trouve une montagne qui doit désespérer les chevaux. Nous la gravissions péniblement quand nous avons été rejoints par une magnifique calèche derrière laquelle se balançait un laquais galonné sur toutes les coutures. Mon père a rougi jusqu'à la racine des cheveux en l'apercevant.

— Comment va, voisin? a dit un homme à figure bourgeonnée en avançant la tête hors de la calèche. Il fera bien chaud aujourd'hui. Quelle poussière !

— Vous n'avez qu'à baisser vos glaces pour vous en préserver, répondit mon père avec une intonation sarcastique.

La calèche nous avait dépassés.

— Insolent! a continué mon père; tu as beau galonner tes laquais et t'appeler Bihan de Pencoat, cela n'empêchera pas ton grand-père d'avoir été marchand de bois.

Cette rencontre a mis un peu de mauvaise humeur sur tous les visages jusqu'à notre arrivée à Quimperlé. Là, nous avons déjeuné chez un vieil ami; puis nous sommes remontés en voiture pour nous rendre à la forêt de Saint-Maurice où se tient la foire aux Oiseaux.

Les amateurs d'ornithologie éprouveraient une véritable déception s'ils prenaient ce nom au sérieux. Les oiseaux ne sont représentés à Saint-Maurice que par une douzaine de pinsons et de geais dont personne

ne s'inquiète. Les paysans vont là pour danser et boire
du cidre, les habitants des sous-préfectures environ-
nantes pour dîner sur l'herbe et se moquer des gentilshommes campagnards, les gentilshommes campagnards pour se moquer les uns des autres. Bien peu
de gens songent à admirer les sites délicieux qu'on
rencontre à chaque pas dans la forêt.

Le malheur voulut que la splendide calèche de
M. Bihan de Pencoat s'arrêtât en même temps que
notre char-à-bancs vert à l'entrée de la forêt, devant
l'auberge où l'on a coutume de laisser les voitures.
Un mouvement de colère échappa à mon père quand
il vit le laquais galonné ouvrir respectueusement la
portière de la calèche, tandis que lui aidait mon frère
à dételer nos chevaux. Il fut cependant forcé de répondre aux démonstrations amicales de M. Bihan, qui
n'était pas fâché de faire connaître aux châtelains as-
semblés devant l'auberge son intimité avec le comte
de Kerléadeuc.

M. Bihan est grand propriétaire et maire de notre
commune; c'est un homme à ménager. Il a pour
femme une excellente personne, fort liée avec Augus-

tine et Thérèse; son fils Julien, jeune homme de
vingt ans, a déniché bien des oiseaux et pêché bien
des anguilles à mon intention. Plusieurs années de
séparation ont un peu diminué l'amitié que nous
avions l'un pour l'autre dans notre enfance; mais je
le revois toujours avec plaisir.

Mon père a bientôt quitté M. Bihan de Pencoat,
nous avons pris congé de sa femme et de son fils et
nous sommes entrés dans la forêt.

Depuis une demi-heure nous regardions danser les
paysans quand le marquis de Kérilio s'est approché de
nous.

M. Anatole de Kérilio est une des célébrités du département. Il mange et surtout boit si bien ses cinquante mille francs de rente, qu'à trente ans il a déjà
eu plusieurs attaques de goutte. Il va chaque hiver à
Paris et en rapporte les modes les plus extravagantes.
S'il était vêtu simplement, il ressemblerait à un garçon
de charrue pas trop laid. Dans son attirail de dandy,
il est aussi grotesquement affreux que ridicule. En
regardant sa figure rougeaude encadrée de mille
boucles d'un jaune sale, ses yeux ronds à moitié

cachés sous un pince-nez en or, ses grosses mains martyrisées par des gants paille, sa taille courte et épaisse étranglée dans une redingote à la dernière mode, ses breloques, son gilet orange, ses escarpins ornés de rosettes rouges, je me prenais à admirer la figure hâlée, les cheveux incultes, la robuste maigreur, l'accoutrement de coutil et les gros souliers d'Hippolyte. La conversation du marquis est un composé de grossières inepties et de lambeaux de phrases qu'il a recueillis dans les bals publics et dans les cafés; quand il s'avise de parler art et littérature, il lui échappe les naïvetés les plus bouffonnes.

Mon père a pourtant fait mille amitiés à ce personnage. Ils ont je ne sais quelles affaires ensemble à propos d'une papeterie dont on espérait des merveilles, et qui, entre nous, pourrait bien achever de nous ruiner.

M. de Kérilio a proposé une visite à l'ancienne abbaye de Saint-Maurice; mon père s'est empressé d'accepter. Pendant que nous traversions la forêt, le marquis m'a fait l'honneur de me débiter des compliments prodigieux. Ennuyée de ses impertinentes attentions, j'ai profité d'un instant où mon père lui parlait pour m'enfoncer dans un sentier solitaire qui aboutit à la rivière.

Tu vois venir l'aventure et tu ne te trompes pas. J'arrivai bientôt à l'endroit le plus sauvage et le plus pittoresque de toute la forêt. La rivière coule entre les haies parfumées des prairies, au-bas d'un escarpement de plusieurs centaines de pieds de hauteur, formé de roches bizarrement entassées. Une épaisse couche de terre recouvre ces roches sur lesquelles s'étale une végétation désordonnée. La ronce, le sapin, le chêne, l'églantier, le houx aux feuilles luisantes, s'échelonnent, s'entrelacent, se confondent, et semblent à distance une immense tenture de verdure et de fleurs. A gauche, un rocher nu, calciné par le soleil et creusé par la pluie, étend au-dessus de la rivière ses arêtes rugueuses; on dirait d'un géant chargé de protéger cette solitude contre les profanations des hommes. A droite, un gros ruisseau écume sur un lit de pierres noires et retombe en cascade jusqu'au bas de la montagne après avoir formé à mi-route un lac à miniature où s'épanouissent des

myosotis et où boivent les petits oiseaux. Pour ob-
server tous les accidents de la cascade, je m'étais
avancée jusqu'à l'extrême bord d'une roche moussue
qui surplombe la rivière. Je me penchais en avant et
je contemplais avec une curiosité d'enfant le bouillon-
nement de l'eau, quand je sentis la roche s'ébranler
sous mes pieds. Je poussai un cri. Au même moment
je fus saisie par la taille et entraînée loin de l'abîme.
Je me retournai, et je me vis entre les bras d'un jeune
homme qui fixait sur moi un regard plein d'inquiétude et de douceur. J'étais si effrayée, si troublée, que
je restai probablement plusieurs secondes appuyée sur
lui sans prononcer un seul mot. « Merci, monsieur, »
balbutiai-je enfin en me dégageant, et je m'enfuis
rouge, tremblante, prête à pleurer, mécontente de
moi comme si j'avais commis une mauvaise action.
Je ne sais trop comment t'expliquer ce que j'éprouvais : j'étais, je crois, émue d'*être émue*. Ce jeune
homme avait dû remarquer mon trouble et le trouver
absurde.

Je t'étonnerai peut-être en te disant que pas un détail des traits ni du costume de l'inconnu ne m'avait

échappé. Je croyais voir encore sa figure pâle entourée
de cheveux bruns dans lesquels se jouait le soleil, son
front large et uni, et surtout ses yeux lumineux,
clairs, dominateurs et sympathiques à la fois. Sa
blouse grise aurait pu le faire prendre pour un ouvrier, si la finesse de ses mains et l'élégance de sa
chaussure n'avaient pas bien vite éloigné cette supposition. Malgré la rapidité de ma fuite, j'avais aussi
remarqué au pied d'un châtaignier un album ouvert
sur lequel je crus distinguer une silhouette de femme.
Était-ce moi?

Je me posais cette question quand je me trouvai en
face du marquis de Kérilio. Il prétendit qu'il me
cherchait depuis longtemps et me ramena vers ma
mère. Je fus un peu grondée de mon escapade et me
gardai bien de parler du danger que j'avais couru.

T'avouerai-je que, tout en admirant les boiseries
en chêne et les cloîtres de Saint-Maurice, je tournai
plus d'une fois la tête dans l'espoir de voir apparaître
l'inconnu. Un étranger peut-il venir au pardon des
Oiseaux sans visiter cette antique abbaye?

Le marquis de Kérilio, peu enthousiaste d'archéo-

logie, parla bientôt de départ. Pendant mon absence,
il avait été convenu que nous irions dîner à son château, qui est bâti de l'autre côté de la rivière, presque
en face du site que je t'ai décrit. L'embarcation du
marquis était restée à l'entrée de la forêt. Nous dûmes
passer près du châtaignier auprès duquel j'avais entrevu l'album. L'idée que j'allais revoir l'inconnu me
faisait rougir et trembler. J'éprouvai cependant une
véritable déception en ne retrouvant ni dessinateur ni
dessin. Je m'approchai du châtaignier, et je crus distinguer dans l'herbe quelque chose d'insolite. Je me
baissai sous prétexte de cueillir une de ces délicates
petites fleurs qu'on appelle chez nous *manchettes à la
vierge*, et je ramassai un petit carnet anglais. J'eus le
temps de l'introduire dans ma poche avant que le ga-
lant marquis fût près de moi pour m'aider, disait-il,
à faire mon bouquet.

Nous nous embarquâmes dans un canot splendidement pavoisé, et nous fûmes bientôt dans le grand
salon du château de Kérilio. L'ameublement de cette
pièce est, comme mauvais goût, à la hauteur de la
toilette du marquis, ce qui m'épargne une description.

Figure-toi tout ce que tu pourras imaginer de plus
criard comme ton, de plus absurde comme forme, et
surtout de plus doré, de la dorure partout. Nous
allâmes visiter le parc. On y trouve bien un peu trop
d'Apollons du Belvédère, d'ifs taillés en jeu d'échecs
et de pavillons chinois; mais le moyen de dorer l'eau,
l'herbe, les fleurs et les arbres étant encore à inventer,
on y découvre aussi des recoins ravissants. Au détour
d'une allée, j'aperçus à quelques pas de moi une
femme assise sur un banc, qui, je ne sais trop pourquoi, me rappela immédiatement Paris. Elle était
vraiment belle et pourtant me déplut. Elle portait
une sorte de peignoir en soie verte à ramages rouges;
sa magnifique chevelure était rejetée en arrière et re-
tenue par des flèches d'or. Il me sembla que ses yeux,
noirs comme l'enfer, lançaient des regards courroucés.
Je pensai que ce devait être une sœur du marquis.
M. de Kérilio marchait en ce moment presque à mes
côtés. « Pourquoi ne m'avez-vous jamais parlé de
votre sœur? » lui dis-je en lui désignant de la main
la dame verte. Les yeux du marquis suivirent la même
direction que les miens. Il devint cramoisi. « Je n'ai

pas de sœur, c'est une ouvrière, » me répondit-il en
balbutiant. Puis il m'entraîna dans une autre allée.
Peu après il nous quitta, et nous ne le revîmes qu'au
bout d'une demi-heure.

A ne te rien cacher, je n'avais qu'une pensée depuis
mon arrivée au château, celle de m'isoler un instant
pour regarder le carnet de l'inconnu. Après un repas
mortellement long, le marquis proposa d'aller prendre
le café dans un belvédère d'où l'on a, prétend-il, la
plus belle vue du pays. J'alléguai une grande fatigue
pour obtenir de ma mère la permission de rester dans
le salon. Dès que je me trouvai seule, je tirai de ma
poche le précieux carnet. C'était, à l'extérieur, tout ce
qui se fait de plus simple : ni serrure ni fermoir. Je le
retournai cependant longtemps entre mes mains sans
oser l'ouvrir. Je me hasardai enfin à jeter les yeux sur
la première page, et j'y vis une esquisse du château
de Sucinio. Cela n'avait rien de bien intime. Fort en-
couragée, je passai au second feuillet : il contenait la
traduction d'une chanson bretonne. Suivait une espèce de dictionnaire bas-breton. J'arrivai enfin à des
pages couvertes d'une écriture serrée, précise. Après

un moment d'hésitation, je parcourus la première
ligne et lus ensuite hardiment ce que je vais essayer
de te transcrire :

« L'eau suinte du rocher, fluide, à peine saisissable,
incertaine dans sa forme. Puis l'évaporation se fait,
les parties solides se rapprochent, se concrètent, se
soudent, et la stalactite est formée. N'est-ce pas ce qui
se passe dans la tête de l'artiste? Il entrevoit d'abord
l'idée confuse, et comme fuyante à travers un brouillard; bientôt les lignes s'arrêtent, se précisent, se
fixent, et d'une vague aperception, d'une forme indé-
cise, d'un murmure indistinct naissent le chant, la
strophe, la statue. »

Je ne sais si tu partageras mon opinion, mais je
trouvai cela très-beau. Je tournai le feuillet et je rencontrai la réflexion suivante :

« Il y a entre les hommes, dans l'ordre intellectuel,
des barrières aussi immuables, aussi infranchissables
que celles posées par la nature entre les espèces zoo-
logiques. Un homme supérieur peut, en s'y prenant
habilement, faire entrer les idées les plus vastes, les
plus profondes, les plus subtiles dans la tête de

l'homme vulgaire. Un instant ils semblent vivre de la même vie; mais les idées d'un homme supérieur ne sont dans le cerveau de l'homme vulgaire que comme les maisons et les arbres placés au bord d'un lac sont dans l'eau. Otez les maisons et les arbres, il ne restera dans le lac que des ondes incolores; il y a reflet, non assimilation. L'effet ne se prolonge pas au delà de l'action de la cause. La vigne, plante rampante de sa nature, devient un bel arbre sous la direction du jardinier. Retirez les appuis qu'on lui a donnés, elle s'incline et se couche à terre. Ainsi en advient-il de l'homme entraîné dans une sphère intellectuelle qui n'est pas la sienne. »

Je songeai involontairement à mes conversations avec ma sœur Thérèse et aux déceptions qui les suivent. En ce moment j'entendis des voix lointaines, et je m'empressai de lire les lignes que voici :

« Quelque nombreux que soient les musiciens, il y aura toujours assez de vibrations dans l'air pour former des mélodies. Quand les poëtes seraient innombrables, ils trouveraient assez de souffrance dans l'homme pour faire de la poésie. »

Les voix se rapprochaient. Je tournai cependant encore un feuillet, et je lus un nom écrit en biais au haut d'une page comme pour essayer une plume : *Maurice*. Mon cœur battit avec force. Cette identité entre le nom de l'inconnu et celui de la forêt où je l'avais rencontré me sembla presque surnaturelle.

Augustine avait déjà la tête dans le salon ; je fourrai vivement le carnet dans ma poche.

La nuit venait.

Nous montâmes dans une des voitures du marquis pour nous rendre à Quimperlé, où nous devions retrouver le fameux char-à-bancs vert. Au moment de quitter la cour, je jetai par hasard les yeux sur la façade du château, et je vis très-distinctement, au deuxième étage, derrière une persienne, les ramages rouges et les flèches d'or de la ravaudeuse du marquis, qui semblait suivre avec beaucoup d'intérêt les préparatifs de notre départ.

Une heure plus tard, M. de Kérilio nous avait quittés, après nous avoir annoncé une très-prochaine visite, et nous roulions, par un magnifique clair de lune, sur la route de Pont-Aven. Les six lieues qui

me séparaient de Kerléadeuc ne me semblaient pas
assez longues pour toutes les réflexions que j'avais à
faire sur les événements de la journée. Je comparais
la brute prétentieuse qui m'avait accablée de ses fades
adulations à l'inconnu de la forêt, à l'homme qui avait
écrit les pages que je venais de lire, et je me deman-
dais si c'étaient bien des êtres de la même espèce. Des
deux côtés d'une route que j'avais parcourue mille
fois, la campagne m'apparaissait sous des aspects tout
à fait nouveaux. « M. Maurice trouverait cela beau, »
me disais-je. Ce nom, profondément ignoré de tous
ceux qui m'entouraient, me semblait un lien magique
entre moi et l'étranger. Nous entrions à Pont-Aven
que je me croyais encore près de Quimperlé.

Là il fallut abandonner la route royale pour suivre
des sentiers mal tracés, presque dangereux la nuit.
Depuis un quart d'heure notre char-à-bancs se tirait
tant bien que mal des mauvais pas, quand Hippolyte
crut distinguer à cent pas devant nous une masse
noire qui barrait entièrement le chemin. La voix de
M. Bihan de Pencoat parvint au même moment à
notre oreille.

— Il est arrivé malheur à la belle calèche ! s'écria mon père en ricanant avec une satisfaction un peu méchante.

Nous étions déjà sur le lieu du désastre. Le cocher parisien de M. Bihan, peu familiarisé avec nos routes bretonnes, n'avait pas su éviter un gros rocher qui sort de terre, à droite du sentier, et l'une des roues s'était brisée dans le choc.

— Dites donc, voisin, cria gaiement mon père, savez-vous que votre luxe d'équipage va nous condamner à faire une lieue à pied ? Deux voitures ne peuvent pas passer de front dans nos avenues seigneuriales.

M. Bihan n'était pas d'humeur à répondre sur le même ton.

— Si ce malheureux conseil municipal ne me refusait pas toujours des fonds ! dit-il avec colère.

— Vous feriez passer toutes les routes vicinales devant votre porte, reprit mon père en riant : ce serait un grand bienfait pour la commune. En attendant, je vous conseille de dételer vos chevaux, nous en ferons autant ; vous donnerez cette nuit l'hospitalité à nos bêtes, et vous nous renverrez le char-à-bancs quand votre calèche lui aura permis de continuer son chemin... Ah! voisin, les chars-à-bancs ont leur bon côté : on y est exposé au soleil et à la poussière, c'est vrai, mais on arrive sans encombre jusque chez soi.

Bien que mon père abusât visiblement de sa position pour se venger de l'incident du matin, son avis fut approuvé. Laissant les voitures à la belle étoile, nous nous mîmes tous en marche, suivis des chevaux, que les domestiques de M. Bihan conduisaient par la bride.

Le château de M. Bihan est situé à égale distance de Pont-Aven et de notre castel; nous y fûmes donc bientôt rendus. Au moment où nous disions adieu à nos voisins, j'eus une idée que je crus très-sage : ce fut de prier Julien d'aller le lendemain à Quimperlé pour remettre à M. Maurice le carnet perdu.

Je pris mon ami d'enfance à part, et je lui racontai sommairement mon aventure. Le pauvre jeune homme s'ennuie tant dans sa famille, qu'il fut ravi d'avoir l'occasion d'entrer en relations avec un étranger. Il me jura de découvrir M. Maurice, se cachât-il au fond des mines du Huelgoat. Je lui remis le carnet, et nous arrêtâmes qu'il viendrait me rendre compte de son ambassade devant la pierre du Diable, lieu habituel de nos rendez-vous de chasse et de pêche à l'époque où Julien avait douze ans et moi dix.

J'arrivai à Kerléadeuc demi-morte de fatigue, et après avoir écrit de mémoire les réflexions que j'avais lues dans le carnet, je m'endormis d'un profond sommeil.

Ici finit mon roman. Les gens qui exigent impérieusement d'émouvantes péripéties et un dénoûment dramatique lui refuseront sans doute leur approbation; il faut même que je compte beaucoup sur ton amitié pour m'imaginer que tu auras la patience de le lire jusqu'au bout.

LAURE A MARCELLE.

V...

Le jour me surprend lisant et relisant ta lettre. Que tu es heureuse, Marcelle! Cent ans passés à V.... ne

mettront pas dans ma vie autant d'émotions que tu en
as eu dans une seule journée. Ce sont bien là les
aventures que je rêvais au couvent. J'avais réussi à
oublier les mesquines réalités de mes premières années ; je m'étais composé, d'après les livres, une Bretagne de fantaisie, à travers laquelle je me promenais
poétique et fière comme Velléda, faisant les honneurs
de mes landes, de mes menhirs, de mes forêts de
pins, de mon Océan verdâtre, de mes rochers frangés
d'écume, au poëte errant et au mystérieux étranger.
Tomber du haut de mon dolmen dans notre salon safran, de cette sombre poésie aux dissertations sur les
mérites de la domestique du curé, aux discussions
sur le meilleur système de chaufferette, quelle abominable chute!... Mais je ne veux penser qu'à toi.
Crois-tu sérieusement ton roman fini? Moi, j'ai la
conviction qu'il commence. Le jeune homme que tu
as rencontré dans la forêt est peut-être un des peintres
dont nous avons admiré les œuvres au Luxembourg;
cependant, en relisant les pages que tu m'envoies, je
serais tenté de croire que c'est plutôt un écrivain.
A coup sûr, c'est un artiste, un homme fatigué des

choses convenues, des beautés artificielles. Peux-tu imaginer qu'il n'aura pas remarqué tes yeux voilés et pourtant pleins d'éclairs, ta chevelure noire à reflets fauves dont les envieuses essayaient de se moquer, ta souplesse de bohémienne, ton teint de pétale d'églantier, la grâce un peu sauvage de ton accent et de ton geste, qui t'avait fait nommer *Azucena Sylvestre* par notre sous-maîtresse espagnole, en souvenir de je ne sais quel poëme, de je ne sais quel auteur de son pays?

Malgré l'indifférence que tu affectes pour ta beauté, tu seras forcée de convenir que ton portrait est ressemblant. Attends-toi donc à voir passer un de ces soirs sous les murs de ton château une frêle pirogue dans laquelle ton inconnu sera étendu, rêvant à toi et te cherchant des yeux; ou prépare-toi à te trouver tout à coup en face de lui au sortir d'un chemin creux. D'une manière ou d'une autre tu le reverras; tu l'as peut-être déjà revu.

Ma bougie vient de finir; la lueur bleue qui filtre à travers mes persiennes est trop pâle pour que je puisse continuer à t'écrire. Adieu... Je vais tâcher de dormir... Je suis bien malheureuse!...

3*

MARCELLE A LAURE.

Tu es folle. Mon sauveur est probablement aujour-
d'hui loin de la Bretagne ; sans aucun doute il a
oublié sa très-insignifiante rencontre avec une jeune
fille imprudente. Julien n'aura pas su le trouver ; je
le suppose, du moins ; car, en vrai camarade d'enfance, ce cher voisin ne se pique pas de politesse envers moi ; depuis dix jours je n'en ai pas entendu
parler. Je me rends cependant chaque soir devant la
pierre du Diable, comme nous en étions convenus.

Pour répondre à tes plaisanteries, je te certifie que
des chasse-marée chargés de pierres, le bateau du
meunier et de lourdes chaloupes de pêche ont seuls
passé sous mes fenêtres. Je n'ai pas non plus aperçu
la moindre empreinte de talon de botte sur le sable de
nos côtes. Calme donc ta trop romanesque imagination, et n'envie pas mon bonheur. Toi qui dis devant
un paysage : « On est convenu de trouver cela beau, »
tu t'ennuierais encore beaucoup plus ici qu'à V...

JULIEN A MAURICE.

Château de Benozan.

La conversation d'une demi-heure que nous avons
eue devant l'auberge de la *Croix-Verte* pendant qu'on
sellait le cheval qui devait vous conduire au Faouet,
m'a laissé des impressions si profondes, si nouvelles
pour moi, que je cède à un impérieux besoin en vous
écrivant aujourd'hui.

A mon retour ici, j'ai trouvé ma mère dangereuse-
ment malade. Sans cette circonstance je vous aurais
écrit beaucoup plus tôt; mais votre excursion dans
les montagnes d'Arès ne pouvant durer moins de
quinze jours, ma lettre arrivera encore avant vous à
Quimperlé.

J'ai l'esprit et le cœur malades. Vous avez paru le
comprendre dès les premières paroles que nous avons
échangées; c'est ce qui me donne la force de m'ouvrir
à vous, moi si timide, si défiant d'ordinaire.

Je suis fils unique, mes parents m'adorent, je jouis

d'un grand bien-être matériel, j'ai vingt ans. Avec tout cela, j'envie ceux dont je foule les tombes en entrant à l'église du bourg.

Inquiet, troublé, séparé par des abîmes de tous les gens qui m'entourent, je ne sais si la responsabilité de mon malheur doit retomber sur eux ou sur moi. Il m'arrive de descendre au fond de ma conscience avec la conviction que j'y vais découvrir un crime. Un coupable seul peut être excommunié à mon âge des joies et des espérances humaines.

Rien cependant de plus innocent que ma vie. J'avais huit ans quand on me mit entre les mains d'un jeune abbé, fraîchement sorti du séminaire. Fils de paysan, resté paysan lui-même de manières et d'inclinations, mon précepteur était de première force sur les choses de la campagne ; les bois et les prairies n'avaient pas de secrets pour lui ; le plus léger indice lui suffisait pour reconnaître la tanière du blaireau, le terrier du lapin, le gîte de l'écureuil. Je crois encore le voir au milieu du *Petit-Pré*. Étendu sur l'herbe, il lisait dévotement son bréviaire : mais si un oisillon effleurait une ronce au passage, si une sala-

mandre curieuse mettait la tête hors de son trou, il
tournait involontairement la tête vers l'endroit d'où
était parti le frémissement. Une lutte s'engageait alors
en lui : quand les scrupules l'emportaient, il abaissait
tristement les yeux sur son bréviaire; quand l'instinct
triomphait de la conscience, il courait droit au buis-
son ou à la fontaine, causait de mortelles terreurs à
une couvée sans plumes ou à une jeune famille de
batraciens, puis revenait calme et satisfait reprendre
sa lecture.

Je goûtai beaucoup cette partie de son enseignement, et passai bientôt maître dans l'art de dénicher
les merles. Mon éducation s'arrêtait là. Mon précepteur ne comprenant pas du tout lui-même les bribes
de latin, de grec et d'histoire sacrée qu'on lui avait
logées dans la tête à grands coups de pensums et de
discipline, était incapable de transmettre à son élève
la moindre notion scientifique. Heureusement pour
moi qu'un ordre supérieur l'envoya au bout de deux
ans dans une paroisse des environs. En quittant le
château, il eut la franchise de déclarer à mes parents
que je ne savais absolument rien. On décida que l'é-

mulation était un stimulant indispensable à une nature aussi paresseuse que la mienne, et on me fit partir pour le petit séminaire d'Auray. J'y passai quelques années assez heureuses, et je revins à dix-sept ans dans ma famille avec une réputation bien établie de jeune homme instruit et intelligent.

J'étais alors plein d'activité et d'ardeur. J'aurais désiré embrasser une carrière quelconque, entrer dans la marine ou dans l'armée. Mes parents s'y opposèrent ; ma mère, par crainte des dangers que ma personne et surtout mon âme courraient dans une vie errante ; mon père, par vanité. Les gentilshommes de notre département se faisaient un point d'honneur de ne pas servir le gouvernement de Juillet ; n'étant pas bien sûr d'être noble lui-même, mon père craignait plus que tout autre de déroger. Vaincu de ce côté, je suppliai de me laisser partir pour Paris, où j'étudierais le droit ou la médecine. Il me fut répondu que c'étaient là des métiers de manant, que les médecins et les avocats recevaient de l'argent de la *main à la main*, chose déshonorante pour un gentilhomme.

Je me vis donc condamné, par un titre auquel je

sais très-bien n'avoir aucun droit, à végéter obscuré-
ment entre les quatre haies qui ferment mon patrimoine. Le sacrifice de mon avenir ne fut pas même
adouci par la pensée qu'en restant au château je con-
tribuais au bonheur de mes parents; je devins bientôt
pour eux un sujet de trouble et de larmes.

Élevé loin du monde par des catholiques rigides,
j'étais arrivé à dix-sept ans sans soupçonner que les
dogmes chrétiens pussent être l'objet d'une discussion
ou d'un doute. Les plaisanteries voltairiennes qui
échappaient souvent à mon père troublèrent enfin ma
foi. D'abord je fus stupéfié et indigné; puis, voyant
mon père obéi, craint, respecté de ses inférieurs,
écouté comme un oracle et admiré par ma mère qui
jouait dans le ménage un rôle secondaire, je me demandai s'il était digne d'un homme de se soumettre à
des préceptes que dédaignaient les êtres intelligents
et forts. Peu de temps après j'étais en pleine insur-
rection contre les pratiques catholiques rigoureuse-
ment observées jusque-là. Ma mère pleura et réclama
l'intervention de mon père. La situation était difficile
pour lui. Il essaya de me sermonner; mais, embar-

rassé par mon intrépide logique, il se rabattit bientôt
sur la banale recommandation de ne pas causer de
chagrin à ma mère.

Je n'en tins compte, et une lutte de tous les instants
commença entre ma mère et moi. Dans ces accès de
désespoir il lui arriva de prononcer les noms de certains auteurs qu'elle rendait responsables des égare-
ments de mon père et des miens, et aussi de tous les
maux physiques et moraux qui affligent l'humanité.
Je fouillai les recoins du château dans l'espoir de
rencontrer les œuvres de ces hommes, et je finis par
mettre la main sur de vieilles éditions de Voltaire, de
Condillac, de Diderot et de Rousseau.

Ce fut pour moi comme la conquête d'un nouveau
monde; je pris en pitié la crédulité de mes jeunes
années et me livrai à de véritables débauches d'intelligence et d'orgueil. Plus j'aimais ma mère, plus sa
douleur m'affligeait, plus je me croyais héroïque en
étouffant la voix de mon cœur pour n'écouter que
celle de ma raison.

Ce délire dura dix-huit mois. Au bout de ce temps
j'avais conquis une liberté entière de pensée et d'action.

Se contentant de pleurer en cachette, ma mère ne m'adressait, quoi que je disse ou que je fisse, ni observations ni reproches. Mon exaltation tomba alors subitement et fut remplacée par une tristesse morne, un désenchantement complet de toutes choses, même de la philosophie, que je considérais quelques mois auparavant comme une source inépuisable de force morale, de bonheur.

En rentrant dans ma famille, je me croyais poëte. Je trouvais une douce jouissance à reproduire mes impressions dans des vers, bien mauvais sans doute, mais qui n'en arrachaient pas moins à ma mère des exclamations enthousiastes. L'harmonie grave et pénétrante des hymnes religieux; quelque jeune fille entrevue au pied d'une croix; les splendeurs d'un beau soir d'été spiritualisées, sanctifiées par l'angélus; un enterrement rustique, ce contraste frappant de la vie et de la mort; entre deux champs de blé étincelants de coquelicots et de bleuets, d'austères litanies, psalmodiées par un vieux prêtre, auxquelles répondent les roulades et les battements d'ailes de joyeux oiseaux : c'étaient là les sujets habituels de mes compositions

naïves. Ces choses n'avaient maintenant plus de sens
pour moi ; mon imagination était stérile, glacée ; une
nature sans âme, une humanité sans Dieu ne m'ins-
piraient ni intérêt ni sympathie.

Mon père remarqua mon abattement et ma lan-
gueur, mais il n'y vit qu'un symptôme assez ordinaire
des premiers troubles des sens. Il s'efforça de me
distraire, m'amena avec lui aux foires et aux assem-
blées, me vanta souvent la beauté de nos paysannes
et de nos jeunes châtelaines. Évidemment il eût été
bien aise de me voir courtiser quelque jolie fille.
Bien que la femme tînt une place immense dans mes
préoccupations et dans mes rêves, je ne me sentais
d'attraction pour aucune de celles qui m'entouraient.
La plus charmante de toutes, Marcelle de Kerléadeuc,
est bien loin de réaliser le type devant lequel je m'a-
genouille en imagination. Elle est trop joyeuse, trop
heureuse de vivre ; elle trouve mille charmes à une
nature qui ne me dit rien, mille liens la rattachent à
des gens qui me dégoûtent et me fatiguent. Je n'aimerai jamais, ou j'aimerai un ange, une femme lasse
comme moi de la terre et des hommes. Près d'elle, la

poésie renaîtra dans mon âme, une poésie dont la racine ne trempera pas dans notre fange, et qui s'épanouira chaste et rayonnante dans les plaines éthérées du ciel.

Mais cette créature sublime, cette femme, la seule qui puisse me rendre mon repos perdu, je ne la rencontrerai jamais, je le sais; aussi je me meurs de désespoir.

Venez près de moi, je vous en prie. Votre voix est la seule voix consolante que j'aie entendue depuis trois ans; vos paroles sont les seules paroles humaines qui aient pénétré jusqu'à mon cœur.

J'ai parlé de vous à mon père et à ma mère; ils se joignent à moi pour vous engager à venir passer quelque temps sur nos rochers. Vous rencontrerez, je crois, ici des sites dignes de votre crayon, certainement un cœur tout ouvert à votre amitié.

MAURICE A JULIEN.

A mon arrivée à Quimperlé, j'ai trouvé une lettre de vous qui m'attendait depuis trois jours; elle m'a profondément attristé. Vous êtes malheureux par la faute du temps où nous vivons, un peu par celle de vos parents, et beaucoup par la vôtre.

Les dissensions morales dont souffre votre famille sont partout aujourd'hui; à toutes les époques de transition, ce qui fut un lien devient un dissolvant. Quand, pour intéresser l'orgueil des femmes aux succès de la religion (pratique assez peu chrétienne), on leur dit que le catholicisme augmente leur force sociale, on se trompe de siècle ou on les trompe. Tant que la vie de l'homme et de la femme n'aura pas pour base les mêmes dogmes, les mêmes principes, les mêmes croyances, le fils de quinze ans rira de la faiblesse d'esprit de sa mère et les femmes resteront déchues de toute influence.

Le tort de vos parents, c'est de vous condamner, par une tendresse puérile, par un orgueil mal entendu, à une triste inaction. Votre crime, à vous, c'est de vous abandonner à un dégradant scepticisme. Comment! vous vous êtes cru poëte et vous niez Dieu?... Avez-vous pu écrire une seule strophe sans le sentir présent? Inspiration, grâce, ne sont-ce pas des mots différents pour nommer un même fait? La grâce, c'est l'inspiration du cœur ; l'inspiration, la grâce de l'intelligence. Tout ce que les chrétiens disent de l'une, les artistes peuvent l'affirmer de l'autre. Je n'ai jamais lu les nombreux traités qu'on a écrits sur ce sujet sans être frappé de l'identité des phénomènes qui accompagnent ces deux manifestations de l'infini en nous. Nécessité absolue du concours de la volonté, et impuissance radicale de la volonté ; sacrifice de nos préoccupations, de nos sentiments égoïstes, de notre vie individuelle pour mériter d'être admis à la participation d'une vie plus haute. Dans l'acte le plus éminemment personnel, celui de la création intellectuelle, obligation de sortir de soi-même pour laisser la place libre à l'esprit. Ces contradictions, qui ont donné lieu à tant de discussions, à tant d'hérésies, à tant de schismes dans la société religieuse, tout homme qui s'occupe d'art les connaît. Quand le chrétien s'agenouille pour prier, quand l'écrivain s'assied devant sa table de travail, tous deux savent que, par leur force propre, ils ne peuvent qu'une seule chose, se mettre en *état de grâce ;* le reste doit leur venir d'ailleurs.

Aussi quels transports de joie, quels élans de reconnaissance vers celui de qui toute vie émane, quand la consolation descend au cœur, quand l'idée apparaît lumineuse, triomphante dans le cerveau ! L'enthousiasme qui saisit l'artiste devant son œuvre accomplie est un enthousiasme religieux. Il sait qu'il n'a été qu'un instrument, un vase d'élection, et remercie du fond de l'âme celui qui l'a choisi.

Je me permettrai aussi de blâmer ce que vous me dites à propos de votre jeune voisine, mademoiselle de Kerléadeuc. En cherchant la femme angélique que vous rêvez, vous courez risque d'être la dupe de quelque jeune fille hypocrite ou niaisement romanesque, chez laquelle, après une courte illusion, vous ne rencontrerez qu'affectation ridicule ou nullité absolue. Cette créature exceptionnelle existât-elle, vous auriez tort de la prendre pour compagne. L'homme n'est pas fait pour contempler incessamment l'idéal ; il ne peut accomplir sa destinée ici-bas qu'en luttant corps à corps avec la réalité. Impérieusement forcé de se courber vers la terre, quel secours recevrait-il dans ses épreuves d'un être qui ne connaîtrait que le ciel ?

Quels rapports de goûts pourront exister entre lui et une femme dont l'imagination ne poursuivra que des chimères, dont les yeux ne daigneront regarder que les nuages et les étoiles. Bientôt fatigué de ces sublimités et de ces mièvreries, il ira chercher la liberté et la franchise d'allures près de femmes qu'il méprisera peut-être, mais qui n'exigeront pas de lui l'annulation de ses facultés les plus hautes, l'oubli de sa mission.

Quatre ou cinq années de plus sur ma tête que sur la vôtre me donnent-elles le droit de parler comme je le fais? je ne sais. J'ai cru reconnaître en vous une de ces âmes qui veulent la vérité, dût-elle les blesser; sans cela, je n'aurais vu dans votre lettre qu'une vulgaire prétention aux douleurs des organisations d'élite, et je n'y aurais certes pas répondu.

J'accepte avec reconnaissance l'invitation de vos parents, et j'espère vous serrer la main sous peu de jours.

MARCELLE A LAURE.

As-tu reçu le don de prophétie?... M. Maurice est venu hier à Kerléadeuc et y reviendra demain. Combien je m'attendais peu à le revoir! Trois semaines s'étaient écoulées depuis la foire aux Oiseaux sans que j'eusse aperçu Julien. Je croyais M. Maurice à Paris, et il n'était qu'à une demi-lieue de moi. C'est mon père lui-même qui l'a engagé à revenir au château; mais tu ne comprendras rien à tout ce que je pourrai te dire si je ne te raconte pas les choses dans l'ordre où elles se sont passées.

Hier, vers trois heures de l'après-midi, M. de Kérilio arriva à Kerléadeuc avec sa frisure, son lorgnon et ses gants paille; la nuance seule de son gilet avait changé: d'orange il était devenu rouge. Mon père était à Nevé; Hippolyte courait les champs. Aussitôt que le cheval du marquis avait paru dans la cour, Thérèse s'était empressée d'aller se renfermer dans sa chambre, et Augustine de descendre à la cuisine pour s'occuper du dîner.

Il ne restait donc que ma mère et moi au salon quand le marquis y entra. Je continuai de broder, sans répondre autrement que par des monosyllabes aux madrigaux qu'il daigna m'adresser. Ma mère soutenait avec peine la conversation. Heureusement mon père arriva bientôt, accompagné de M. Bihan de Pencoat. M. le maire avait rencontré mon père au bourg et nous faisait l'honneur de venir nous demander à dîner.

Vers quatre heures et demie nous étions à table. M. de Kérilio jugea convenable de féliciter mon père sur l'heureuse situation de son château; il déclara n'avoir rien vu jusqu'ici d'aussi pittoresque et d'aussi romantique.

Mon père s'efforçait de paraître gai; mais il était clair pour moi qu'il venait d'apprendre quelque fâcheuse nouvelle. Sa voix était brusque et saccadée, son teint plus rouge que de coutume; ses mouvements trahissaient l'inquiétude et l'impatience. Il parut cependant flatté de l'appréciation du marquis, bien qu'il n'eût peut-être jamais, pour sa part, regardé un coin de terre à un autre point de vue qu'à celui du profit qu'on en pouvait tirer.

M. Bihan est exactement de la même force que mo
père comme admirateur de la nature; il n'en fut pa
moins blessé, dans son amour-propre de propriétaire
des éloges qu'on prodiguait à un paysage qui ne lu
appartenait pas; mais il essaya de dissimuler sa vexa
tion sous la flatterie.

— Il est certain que votre château est dans une si
tuation unique, dit-il à mon père.

— Le vôtre n'a rien à lui envier, répondit mo
père, quoiqu'il pensât au fond tout le contraire.

— Un jeune Parisien, qui est depuis huit jours che
nous, me disait hier qu'il n'avait jamais rien vu
d'aussi beau, comme paysage, que Benozan regardé
de la rivière, répondit modestement M. Bihan.

— Il n'a pas vu Kerléadeuc, répliqua mon père, qui
jugea la vanité de son voisin exorbitante.

— Peut-être que si, dit M. Bihan; il doit être en ce
moment avec mon fils dans la baie de Saint-Nicolas,
et, pour s'y rendre, il faut indispensablement passer
devant vos tourelles.

— Pourquoi n'avez-vous pas dit cela plus tôt? interrompit mon père, qui entend les devoirs de l'hospi-

talité comme un patriarche de la Genèse ; il est ridicule
que votre fils soit presque sur mes terres et ne vienne
pas dîner chez moi.

Et, quittant la table, mon père appela par la fenêtre
son garçon de ferme, lui ordonna d'aller en courant à
la baie de Saint-Nicolas et d'en ramener M. de Pencoat
et le jeune homme qui se trouvait avec lui.

Le Parisien de M. Bihan, c'était M. Maurice : j'en
avais la certitude absolue.

Un quart d'heure plus tard, M. Maurice entrait dans
la salle à manger, précédé par Julien.

Mon père fut évidemment frappé de la distinction de
ses traits et de l'élégante gravité de ses manières. Il le
fit asseoir à sa droite, et s'excusa mille fois de la rus-
ticité de son habitation, de la mesquinerie de son dîner.

On rapporta les plats déjà desservis. Julien et
M. Maurice se mirent à manger comme des gens qui
auraient jeûné pendant huit jours.

A un regard que M. Maurice avait jeté de mon côté
en entrant, j'avais cru deviner qu'il me reconnaissait ;
j'en doutais maintenant, tant il semblait peu s'occuper
de moi.

M. de Kérilio, qui tient avant tout à établir que la Providence a trahi les ordres de Dieu en ne le faisant pas naître à Paris, accabla bientôt M. Maurice de questions sur les théâtres, sur les bals publics, sur les acteurs en vogue.

M. Maurice répondit avec une brièveté qui aurait découragé tout autre que le marquis.

— Vous n'êtes venu en Bretagne que pour vous promener ; vous êtes riche sans doute, continua M. de Kérilio avec l'outrecuidante sottise d'un homme qui tire toute sa valeur de ses cinquante mille francs de rente.

— Non, monsieur, répliqua M. Maurice.

— Alors vous êtes artiste, poëte peut-être ?

— Non, monsieur.

— Peintre alors ?

— Non, monsieur, répondit encore M. Maurice, sans paraître s'apercevoir de l'inconvenance de cet interrogatoire.

— Mais enfin qu'êtes-vous donc ? Si vous n'êtes pas riche, il faut bien que vous fassiez quelque chose.

— Je suis graveur, monsieur, répondit tranquillement M. Maurice.

Mon père se retourna vers son voisin et le regarda comme s'il venait d'avouer qu'il était tailleur de pierres.

— Avez-vous travaillé aux eaux-fortes de Rembrandt? dit M. de Kérilio en jetant sur M. Maurice un regard de dédaigneuse protection.

Il me fut impossible d'imaginer ce que le marquis croyait dire; mais cette ébouriffante question me causa un moment de joie. M. Maurice avait une occasion de faire rire aux dépens du marquis.

Je fus déçue quand je l'entendis répondre avec un sérieux parfait:

— Non, monsieur.

Bien des personnes autour de la table admirèrent les connaissances artistiques de leur compatriote.

M. Bihan, en sa qualité de maire, se considère comme un membre très-influent du gouvernement; il ne tarda pas à parler politique; comme toujours on discuta. M. Maurice traita quelques points controversés avec tant de bon sens, tant d'élévation, tant de profondeur et tant de lucidité à la fois, que ses auditeurs furent bientôt dominés par sa supériorité d'intelligence, entraînés par son éloquence.

4*

Aux regards que mon père lançait sur son hôte, je voyais clairement qu'il se demandait s'il n'avait pas eu jusqu'ici des idées très-fausses sur sa profession.

Après le dîner, on fit le tour de nos domaines. L'admiration de M. Maurice pour nos bois taillis et nos rochers acheva de persuader à mon père qu'un graveur peut être un homme comme il faut. Julien ayant dit qu'il conduirait le surlendemain son ami à l'*Ile Verte*, mon père invita les deux jeunes gens à dîner chez lui au retour.

Il fut décidé que nous accompagnerions M. Bihan, son fils et M. Maurice jusqu'à la baie de Saint-Nicolas, où le canot de Julien était resté avec le poisson pêché dans la journée. Sans cette circonstance, M. Bihan, venu du bourg à Kerléadeuc dans le char-à-bancs de mon père, eût été obligé de regagner son logis à pied, ce qui lui souriait fort peu.

Pour nous rendre à Saint-Nicolas, il nous fallut passer dans un vaste champ de blé noir. Mon père marchait devant avec M. Bihan, causant avoines et trèfle rouge. Je m'appuyais sur le bras d'Augustine; à ma droite était le marquis de Kérilio; il m'entre-

tenait de sa meute, des voitures qu'il avait comman-
dées à Paris, et adressait de temps en temps quelque
absurde question à M. Maurice, qui se trouvait près
d'Augustine. Julien avait pris les devants avec Hippolyte pour rassembler ses hommes et faire préparer le
bateau.

Arrivés au milieu du champ, nous entendîmes des
gémissements, et nous vîmes dans le fossé, au bord
de la haie, un enfant de six ans qui se roulait à terre
en pleurant à chaudes larmes.

M. Maurice, Augustine et moi, nous nous arrêtâmes; mais le marquis continua triomphalement sa
route et sa phrase. Il ne revint vers nous que lorsqu'il s'aperçut qu'il était seul.

M. Maurice était descendu dans le fossé; il inter-
rogeait l'enfant, qui lui répondait en bas-breton, tout
en désignant de la main son pied droit.

— Bah! dit M. de Kérilio, la peau de ces petits
paysans est aussi dure que la corne de leurs bêtes; ils
pourraient marcher sur le tranchant d'un rasoir sans
se faire le moindre mal.

M. Maurice visita le pied de l'enfant; il découvrit

sous le talon une grosse épine, qu'il s'efforça vainement d'arracher avec ses doigts.

— Mademoiselle, me dit-il enfin en s'avançant vers le bord du fossé, auriez-vous, par hasard, une paire de ciseaux?

C'était la première fois que M. Maurice me parlait; il me sembla qu'en s'adressant à moi il m'honorait d'une distinction flatteuse.

J'ai toujours sur moi le nécessaire que tu m'as donné lorsque je quittai le couvent; je remis immédiatement des ciseaux à M. Maurice.

Il parvint à extraire l'épine.

Pendant ce temps, M. de Kérilio continuait de développer sa théorie sur l'impénétrabilité de la peau des paysans.

L'enfant essaya de marcher, puis se laissa tomber par terre et recommença à pleurer.

M. Maurice lui demanda où il demeurait; le petit paysan montra un toit de chaume qu'on distinguait au loin, derrière les arbres.

M. Maurice prit l'enfant dans ses bras et sortit du fossé en nous disant:

— Vous pouvez continuer votre route; je connais assez le pays pour rejoindre la baie sans m'égarer.

— Ils sont drôles, ces artistes! dit en ricanant M. de Kérilio dès que M. Maurice se fut éloigné.

Je me sentis prise d'un tel dégoût pour cet imbécile sans cœur, que je courus vers mon père et M. Bihan; je me mêlái à leur conversation pour n'être plus forcé de répondre au marquis.

M. Maurice arriva presque aussitôt que nous près du bateau. J'eus besoin de faire un effort sur moi-même pour ne pas lui tendre la main; mais au regard que nous échangeâmes, je sentis qu'il comprenait ce qui se passait en moi.

A l'instant du départ, Julien eut une idée char-mante, ce fut de proposer à mon père de nous recon-duire par eau à Kerléadeuc. Tu sais que, dans les grandes marées, la rivière monte jusqu'à notre porte.

Mon père accepta. Nous nous installâmes comme nous pûmes dans un canot trop petit pour un aussi grand nombre de passagers.

Pas un souffle de vent n'agitait l'air; la rivière était d'une rare transparence; les collines qui l'encaissent se répétaient dans l'eau avec leurs moindres aspérités, leurs arbres, leurs fleurs, le plus délié brin d'herbe. Le canot semblait glisser entre les aigrettes d'or du genêt et les grappes rouges de la digitale. La traversée eût été délicieuse sans les plaisanteries du marquis, qui crut très-spirituel de demander à M. Maurice s'il concourait pour le prix Montyon.

Il faisait presque nuit quand nous arrivâmes à Kerléadeuc. On nous déposa sur le sable, et mon père renouvela son invitation à Julien et à M. Maurice pendant que le canot tournait les rochers noirs sur lesquels s'élève notre castel.

Dès que nous fûmes dans le salon, le marquis de Kérilio dit à mon père qu'il désirait lui parler en particulier. Mon père passa avec lui dans la salle à manger, qu'une porte assez mince sépare du salon. Leur conversation dura longtemps. Plus d'une fois leurs voix s'animèrent; j'entendis mon père prononcer le nom de la papeterie dont je t'ai déjà dit un mot.

Enfin ces messieurs rentrèrent dans le salon; ils semblaient tous deux fort émus; mon père jeta sur moi un regard étrange. Le marquis me salua avec une singulière affectation de respect, prit congé du reste de la famille et descendit dans la cour où son cheval l'attendait.

Je restai un moment profondément troublée sans savoir pourquoi. Mon père ne me dit absolument rien; mais je crus remarquer qu'il m'embrassait avec plus d'émotion qu'à l'ordinaire au moment où je quittai la chambre de ma mère pour rentrer dans la mienne.

J'oubliai peu à peu tout cela pour ne songer qu'à M. Maurice. N'est-il pas surprenant qu'un étranger rencontré par hasard au milieu d'une forêt soit maintenant admis sur le pied de l'intimité à Kerléadeuc?

Demain il sera ici; j'espère causer avec lui. Cependant j'ai beau faire, je suis inquiète. Que pouvait signifier le regard de mon père?

MAURICE A ANTOINE.

Porto-Mané.

Quand dans nos jours de misanthrophie nous lancions l'anathème sur les grandes cités, quand nous en

appelions des vices, des préjugés, du froid égoïsme
de l'homme des villes, à la simplicité, à la chaleur
d'âme, au désintéressement de l'habitant des champs,
je crois, mon cher Antoine, que nous étions loin d'a-
voir raison. Il y a un mois, je ne t'aurais certes pas
parlé ainsi. Les illusions sont faciles dans un pays
dont on ignore la langue : j'en abusais pour croire les
Bretons, sinon heureux, du moins dignes de l'être, et
pour m'abandonner aux plus béates contemplations.
Un petit incident de voyage m'a mis en rapport avec
une douzaine de personnes parlant français comme
toi et moi, et mes rêves se sont vite envolés. Ici,
comme ailleurs, à de très-rares exceptions près, les
hommes sont sots, un peu méchants, et surtout exces-
sivement ingénieux à se faire souffrir les uns les
autres et à se torturer eux-mêmes par des conventions absurdes. Juges-en par la conversation que j'ai
eue hier avec une jeune fille de Névé.

Assis au fond d'une baie, sous de grands arbres qui
entourent une chapelle dédiée à Saint-Nicolas, j'es-
quissais Porto-Manè, ma résidence actuelle. Ce nid
de goéland, bâti à l'extrême pointe de la côte sur des

rochers déchirés et taillés en aiguilles, regarde d'un côté l'Océan, de l'autre la gracieuse rivière de l'Aven. On ne saurait trop dire si on vit là sur la terre ou sur l'eau. Tout en dessinant la *presse*, le poste de douaniers et les six maisons de pêcheurs qui composent Porto-Manè, j'observais à quelques pas de moi une jeune paysanne de dix-sept ans à peine, svelte, gracieuse, aux yeux bleus, à la peau blanche, au front bombé comme celui des statues d'Anne de Bretagne. Elle affectait de ramasser des coquillages dans le sable; mais ses regards se reportaient incessamment sur moi avec une naïve curiosité. Elle n'avait peut-être jamais vu dessiner.

— Reconnaissez-vous ceci? dis-je à tout hasard car je doutais fort que cette nymphe armoricaine comprît le français, et j'avançai mon dessin vers la paysanne.

— Parfaitement, monsieur, me répondit-elle en rougissant.

— Ah! vous savez le français?

— J'ai passé quatre ans au couvent de Quimperlé; mon père est le plus riche propriétaire du bourg.

5

Bien des Parisiennes eussent pu envier l'accent, le geste, l'élégance de manières de la petite Bretonne. On retrouve d'évidents caractères d'une aristocratie de race chez certains paysans de cette province. La jeune fille s'était appuyée contre un arbre en face de moi. La conversation continua :

— Avec l'aisance dont jouit votre père, vous devez mener une vie très-heureuse dans ce beau pays? lui dis-je.

— Qu'on soit riche ou pauvre, dans ce pays-ci tout le monde vit de la même manière, répondit tristement la paysanne.

— Vous n'habitez pourtant pas une chaumière sans jour et sans air? vous ne travaillez pas sous le soleil et sous la pluie?

— Je ne vais pas aux champs; mais je soigne les bêtes et j'habite une maison où le jour n'entre que par la porte. Il n'y a pas plus d'un an qu'elle est bâtie; mon père désirait beaucoup avoir une fenêtre avec des vitres, mais il n'a pas osé, on l'aurait trop blâmé dans la commune.

— Pourquoi donc?

— Par jalousie; on déteste chez nous ceux qui
suivent les usages de la ville. Le premier dimanche
après mon retour du couvent, il pleuvait à verse : je
suis allée à la messe avec un parapluie, les garçons
m'ont huée. Un jour de grande fête, j'ai laissé un tout
petit bandeau de cheveux passer sous ma coiffe; les
femmes se sont éloignées de moi comme d'une fille
perdue.

— Vous vous marierez sans doute bientôt?

— Je ne me marierai jamais. Les paysans d'ici
sont toujours ivres et battent leurs femmes. Pourquoi
ai-je quitté le couvent! ajouta-t-elle avec un soupir;
là tout était propre autour de moi, et on ne me disait
que des paroles douces.

En ce moment, un jeune gentilhomme campagnard,
dont je vois très-souvent la famille, est apparu sur
les rochers de Porto-Manè, escorté de trois chiens de
chasse. Ma petite paysanne a probablement craint
qu'une personne du pays ne la surprît causant avec
un étranger, car elle a rougi jusqu'aux oreilles et
s'est élancée derrière la chapelle de Saint-Nicolas sans
même me dire adieu.

Le chasseur en question s'est approché de moi et a tellement insisté pour m'emmener chez son père, que j'ai pris avec lui le sentier qui conduit à Kerléadeuc.

Kerléadeuc est une vieille maison flanquée de quatre tourelles qu'on ne manque pas d'appeler château. Ce qui vaut mille fois son titre, c'est sa situation. L'imagination d'un poëte ne rêverait pas mieux. Le vieil édifice s'élève sur une presqu'île formée par une invasion de la rivière dans les terres. Des bois épais entourent le château; cette riche végétation emprunte un grand charme aux plaines arides couvertes de pierres erratiques qu'on rencontre dès qu'on quitte les bords de la rivière. A un quart de lieue, la grande mer avec sa ceinture de sable et ses murailles de granit.

La famille de Kerléadeuc offre un type complet de la gentilhommerie campagnarde de la Bretagne. Quiconque verrait le comte de Kerléadeuc surveiller le déchargement d'une charrette de foin ou le pansement de ses chevaux dans sa cour seigneuriale, qui n'est qu'une cour de ferme, se dirait que cet homme à la face rubiconde, aux gros pieds enfouis dans des sabots remplis de paille, aux larges épaules couvertes d'une houppelande impossible, est né paysan et doit goûter tout le bonheur que donne le sentiment d'une destinée accomplie en vivant comme un paysan. Ce serait une erreur grave. Cet homme, que la nature enveloppe de toutes parts et qui n'aurait qu'à s'y abandonner pour être heureux, est dévoré par la plus factice de toutes les passions, la vanité. Il sacrifie sans pitié les êtres qui dépendent de lui à une idée fausse, surannée, presque grotesque dans le milieu rustique où elle se trouve encadrée : rendre son antique éclat (un éclat très-probablement imaginaire) au nom des Kerléadeuc. Le succès de cette entreprise aurait pour résultat d'agrandir de quelques champs les domaines du comte, et permettrait à son fils Hippolyte, non pas de vivre en fermier comme son père, ce qui ne serait pas à dédaigner, mais de mener une existence complétement oisive et inutile.

Hippolyte a vingt-quatre ans, et son cœur est déjà gangrené par l'égoïsme ; pas une idée généreuse ne germe dans son intelligence inculte. Il sait que ses trois sœurs sont condamnées au célibat pour que lui

Hippolyte jouisse de toute la fortune paternelle, et il trouve cela très-juste. Il est homme, elles sont femmes ; il est fort, elles sont faibles ; le code de la brute établit son droit et le code humain le confirme. Des quatre enfants du comte, n'est-il pas le seul qui puisse donner au nom des Kerléadeuc cette perpétuité qui fait l'unité d'une famille à travers les âges ?

Ici, je ne puis m'empêcher de te confier une pensée qui s'est souvent présentée à mon esprit. Comment les femmes qui, dans le désir très-légitime d'arriver à l'égalité sociale, ont réclamé tant de droits absurdes en eux-mêmes ou impossibles à exercer pour elles, n'ont-elles jamais songé à revendiquer celui de transmettre leur nom à leurs enfants ? Tu me répondras peut-être qu'une semblable innovation nécessiterait une transformation radicale des lois qui régissent la famille, c'est possible : bien que la réflexion soit loin de me le démontrer. Mais je ne parle ici ni en législateur ni en moraliste, ce qui m'entraînerait à creuser d'innombrables problèmes ; je m'étonne seulement que, des deux êtres à qui nous devons la vie, celui qui possède les plus irrécusables droits à dire : «Mon enfant,» disparaisse complétement de la famille idéale qui vit par le nom dans la mémoire des hommes.

Pour en revenir aux Kerléadeuc, Hippolyte, victime de la triste erreur de son père, est moralement très-inférieur au comte. Celui-ci veut et fait quelque chose. Chez Hippolyte, ni rêves ni passions; il n'a jamais eu l'idée que sa jeunesse, son activité, son énorme force physique pouvaient être employées à mieux qu'à massacrer des lapins et des perdreaux.

Madame de Kerléadeuc appartient à la catégorie des femmes qui semblent vous reprocher sans cesse de ne pas leur payer d'assez forts intérêts pour leur mise dehors de vertu. La pensée qu'on ne lui tient pas un compte suffisant de ses sacrifices la rend susceptible, maussade, et elle en veut ensuite à ceux qui la jugent telle. C'est un défaut de caractère assez commun chez les gens dévoués sans grandeur; ils oublient que les services rendus dans de grandes circonstances ne sont pas toujours présents à la mémoire pour contrebalancer l'effet de certaines bouderies et de certaines rudesses.

L'aînée des demoiselles de Kerléadeuc a reçu du

ciel des instincts de bête de somme et les suit religieu-
sement pour le plus grand bien-être de sa famille. La
seconde est dévote et souffreteuse; elle s'occupe peu
des autres, et cependant sa tristesse est sympathique
comme celle de tous les êtres frappés au cœur. Quant
à la troisième fille du comte, je ne saurais la comparer qu'à une de ces princesses de contes de fées qui
changent en diamants et en or tout ce qu'elles regar-
dent et tout ce qu'elles touchent. Le salon de Kerléadeuc est petit, sombre, mesquinement meublé; eh
bien, quand cette jeune fille y entre, tout s'éclaire,
tout resplendit dans cette triste pièce. Marcelle est
toujours vêtue de percale blanche ou bleue, et moi,
dont les yeux sont invinciblement séduits par le luxe,
je me demande parfois s'il existe dans les bazars de
l'Orient des étoffes aussi belles que celles qui flottent
autour d'elle. Qui lui a appris ce qu'elle sait? où
prend-elle ce qu'elle dit? il est impossible de le deviner. On peut presque toujours se rendre compte des
causes qui ont influé sur le développement moral et
intellectuel des hommes; mais la beauté et la pudeur
entourent certaines femmes d'un tel prestige, qu'on

ne pénètre pas plus le secret de leur puissance que
les Hébreux ne pénétraient le mystère de Dieu à travers les voiles de la nuée et les éblouissements du
Sinaï. Le grand charme de Marcelle, c'est qu'elle n'a
pas conscience de sa supériorité sur ceux qui l'entourent; elle leur prête ses sentiments et ses idées; elle
aime ses parents, elle adore la nature, elle est heureuse. Son âme est encore trop riche d'amour et de
vie pour qu'elle éprouve le besoin de rien demander
en échange de ce qu'elle donne.

Si mon cœur n'avait été brisé par les déceptions
qui m'ont déterminé à m'éloigner de Paris, je te le
confesse, Antoine, je quitterais ce pays. Ce serait un
crime de chercher à me faire aimer de Marcelle. Marcelle ne doit pas aimer, la politique de sa famille le
lui défend. D'ailleurs, quoique son père m'accueille
fort bien, grâce aux vues du pays dont j'orne son
castel, je ne suis à ses yeux guère plus qu'un ouvrier.

Hier soir, vers dix heures, en quittant le château,
où, comme je te l'ai raconté, Hippolyte m'avait entraîné, j'étais tellement absorbé dans mes pensées,
qu'il me serait impossible de t'expliquer pourquoi, au

5*

lieu de monter comme de coutume l'échelle qui conduit à mon grenier, je m'étendis sur les rochers devant la maison de mon hôte. Mon hôte est un douanier ; or, sur quelque bloc de granit qu'on jette un
douanier, il trouve moyen d'y faire pousser des fleurs.
La brise de mer m'apporta bientôt un parfum suave,
presque timide, qui, d'après la direction du vent, ne
pouvait venir du jardin de mon hôte. La lune argen-
tait au loin les vagues et versait sur les rochers des
flots d'une lumière bleuâtre. Je regardai autour de
moi, et j'aperçus entre deux pierres la tige frêle d'un
réséda. Une graine avait volé là, quelques parcelles
de terre entraînées hors du jardin par les grandes
pluies l'avaient recouverte, et la faible plante battue
des vents, arrosée par l'écume salée, avait grandi,
avait fleuri sur cette roche aride.

En la contemplant, je répétais machinalement la
phrase que j'avais redite mille fois pendant le trajet
de Kerléadeuc à Porto-Manè : « Marcelle ne doit pas
aimer... Pourtant cette fleur s'est épanouie, ajoutai-
je ; jusqu'à la plus humble mousse, toutes les plantes
fleurissent. Il faut que l'homme soit maudit pour

qu'un père puisse dire à sa fille : «Tu n'aimeras pas».
Sous l'influence de l'heure et du lieu, la rêverie dans
laquelle j'étais depuis longtemps plongé devint presque de l'hallucination : le réséda et Marcelle se confondirent si complétement dans mon esprit, qu'en
quittant le rocher j'arrachai la plante et l'emportai,
ne pouvant supporter la pensée qu'un autre que moi
respirerait son parfum.

MARCELLE A LAURE.

Je voudrais, ma chère Laure, que tu fusses près de
nous. Le temps est admirable ; la campagne est plus
belle cet été que je ne l'ai encore vue.

Tu sauras que M. Maurice, séduit par l'aspect
étrange du coin de terre où nous vivons, s'est installé
à un quart de lieue de nous dans un imperceptible
village, inconnu aux géographes, et vient presque
tous les jours à Kerléadeuc.

En l'entendant causer, je m'étonne de l'engourdis-
sement intellectuel dans lequel j'ai végété jusqu'ici.
J'avais pourtant sourdement conscience, avant de le

connaître, de mon impuissance à aimer Dieu, à sentir la nature, à comprendre la vie. Que de fois il m'est arrivé de me lever la nuit quand tout dormait dans le château et de gagner sans bruit le jardin. J'étais bientôt dans une vieille tour rasée, bâtie sur des rochers qui s'avancent presque au milieu de la rivière. Il me semblait que, dans cette obscurité, dans cette solitude, dans ce silence, j'éprouverais des émotions inconnues, je surprendrais des secrets qui m'échappaient pendant le jour. Mais, après plusieurs heures passées à entendre l'eau saper les fondements de la tour et le vent siffler dans les arbres, je rentrais dans ma chambre transie de froid, brisée de fatigue, sans que rien de nouveau se fût révélé à moi.

Je ris maintenant de mes espérances présomptueuses. Qu'est-ce qu'une jeune fille solitaire et ignorante pouvait deviner à elle seule? Si tu savais tout ce que M. Maurice a étudié, que de voyages il a faits, combien d'épreuves il a subies! Voici cependant la conversation que nous avons eue ensemble avant-hier.

Il avait été convenu pendant le dîner, entre mon

père et Hippolyte, qu'on irait le soir poser des filets en dehors de la rivière. Vers sept heures, M. Maurice arriva à Kerléadeuc; on lui proposa d'être de la partie, ce qu'il accepta avec empressement. Je ne manque jamais une occasion de me promener la nuit en pleine mer, et je m'embarquai avec ces messieurs. L'obscurité était presque complète quand nous jetâmes l'ancre dans la baie de Kerenglass, où l'on devait mettre à l'eau les *trémailles;* mon père et Hippolyte passèrent à l'avant du bateau pour surveiller cette opération. Je restai donc seule près du gouvernail avec M. Maurice.

La mer était extraordinairement phosphorescente; je tenais à la main un bouquet de bruyères roses cueillies sur le rivage au moment du départ, et je m'amusais à le plonger dans l'eau pour l'en retirer ruisselant de diamants. M. Maurice prenait part à cet enfantillage en fouettant la mer d'un long ruban de varech qu'il venait de saisir flottant près du bateau.

Je n'avais jamais parlé à M. Maurice des pages lues dans son carnet. Il me sembla tout à coup que c'était là un manque de franchise coupable; mais je n'osai aborder la question sans préambule.

— Pourquoi êtes-vous graveur ? lui dis-je.

M. Maurice releva la tête qu'il penchait en ce moment hors du bateau et me regarda fixement. Je crus remarquer sur sa lèvre un léger pli de dédain.

M'imaginant saisir sa pensée, je rougis et je m'empressai d'ajouter :

— J'ai eu l'indiscrétion de lire quelques feuillets du carnet que vous a remis Julien, et j'en avais conclu que vous deviez être un écrivain, un poëte.

— Un poëte ! non... Cependant il est vrai qu'au fond du cœur j'ai longtemps ambitionné ce titre, ajouta M. Maurice en souriant tristement.

— J'avais donc raison de vous demander pourquoi vous étiez graveur, repris-je.

— J'ai aujourd'hui vingt-quatre ans et je ne sais rien encore ; j'entrevois à peine le point de l'horizon vers lequel je dois marcher, et, dès l'âge de vingt ans, il me fallait un gagne-pain, répondit M. Maurice.

Puis, s'accoudant sur le bord du bateau, il ajouta comme s'il continuait à haute voix une méditation depuis longtemps commencée :

— Non, le prêtre qui trafique des choses de Dieu

n'est pas plus criminel que les poëtes qui font métier de l'art. On nous demande la vérité; le mensonge se vend mieux, vendons le mensonge, pense le premier. Et les seconds : « Un rayon de lumière est descendu en nous, servons-nous-en pour dorer la boue où les hommes se vautrent ; dans leur joie de voir leurs vices séduisants et glorifiés, ils nous donneront en échange des honneurs et de l'argent. » Pendant un temps la foule se prosterne en tremblant devant des simulacres, et les chants cyniques sont répétés par toutes les bouches. Mais le jour vient où, les fidèles s'apercevant qu'ils s'agenouillent devant un tabernacle vide, désertent le temple. L'heure arrive où une voix s'élève et dit : « Ne sommes-nous pas bien niais de perdre, à » chanter l'or, le vin et les femmes, le temps que nous » pourrions employer à nous enrichir, à boire et à » aimer? » On applaudit, et tous se ruent dans le scepticisme et dans la débauche. Alors les lévites simoniaques et les poëtes apostats, prévoyant que bientôt on ne leur payera plus le salaire de leur honte, s'émeuvent et répètent en gémissant : « Les dieux s'en vont, la poésie est morte! » La vérité et la poésie sont immortelles. Quand l'humanité semble se complaire dans l'abrutissement et dans les ténèbres, c'est que ceux qui avaient reçu la mission de rendre Dieu visible et l'art sacré ont projeté sur Dieu et sur l'art l'ombre de leur propre infamie.

Ces hautes pensées, exprimées par une voix vibrante et grave, emportaient mon âme loin de la terre. M. Maurice ne parlait plus, je l'entendais encore. Les vagues, le vent, les mondes innombrables qui scintillaient dans l'espace me renvoyaient comme un écho de ses paroles.

Nous restâmes longtemps plongés dans un religieux silence.

LAURE A MARCELLE.

V...

M. Maurice t'aime et tu aimes M. Maurice, voilà pourquoi la campagne est si belle cet été. Bienheureuse Marcelle, tu aimes!... Moi, hélas! je me marie.

Dans quelques semaines, je m'appellerai madame de Trémalec. Mon futur n'est ni vieux ni jeune, ni beau ni laid, ni riche ni pauvre, ni noble, ni roturier. Tu me demanderas peut-être pourquoi j'épouse cette négation vivante. Je pourrais te répondre que ce mariage est des plus convenables, que ma famille le désire, qu'au dire de tout le monde M. de Trémalec est doué d'excellentes qualités ; mais j'aime mieux être franche et t'avouer que je me marie par ennui, pour échapper à la mesquinerie de la maison paternelle, à la domination de ma tante Félicité, aux sentences de mademoiselle Agathe et à la charpie. M. de Trémalec m'aime autant qu'il peut aimer ; son caractère est faible, je le dominerai, et je serai maîtresse absolue de mes actions. Il possède une terre assez considérable dans l'une des plus grandes îles du Morbihan, l'île au Moine ; je régnerai en souveraine sur ce rocher. Les étrangers trouveront en moi une gracieuse châtelaine, et les pauvres pêcheurs, mes vassaux, une providence vivante. N'est-ce pas là un beau rôle à jouer pour une femme? J'allais oublier de te parler de la sœur de M. de Trémalec; mademoiselle

Sabine entre pour beaucoup dans ma détermination,
C'est une femme tout à fait supérieure. Elle a refusé
de se marier par amour pour sa famille et aussi par
austérité religieuse ; mais la religion, chez elle, c'est
le spiritualisme le plus exalté, l'enthousiasme pour
tout ce qui est grand et beau. Elle est instruite, elle
aime les arts ; ce sera pour moi une compagne charmante, une amie dévouée ; elle me témoigne déjà une
affection presque fanatique. C'est égal, je ne puis
m'empêcher de trouver bizarre que moi, dont l'imagination est si ardente, le caractère si aventureux, la
tête si pleine de rêves extravagants, je fasse un mariage de raison et de convenances ; tandis que toi, si
raisonnable, si calme, si aisément satisfaite, tu te
trouves lancée en plein roman, car c'est un véritable
héros que ton graveur-poëte. Moi aussi j'aimerais la
mer, le vent, les rochers, s'ils étaient animés par le
cœur et par l'intelligence d'un homme comme M. Maurice. Parle-lui de moi et persuade-lui qu'il ne peut pas
retourner à Paris sans avoir préalablement déposé ses
hommages aux pieds de la reine de l'île au Moine. Je
meurs d'envie de le connaître. Que ne donnerais-je

pas pour une soirée semblable à celle que tu me ra-
contes !...

MARCELLE A LAURE.

J'espère, ma chère Laure, que tu seras heureuse.
La suzeraineté de ton île t'apportera peut-être moins
de jouissances que tu ne le supposes ; mais de nouvelles affections rempliront ta vie, de nouveaux devoirs l'occuperont. Ton esprit actif, ton caractère
remuant ne pouvaient pas s'arranger des habitudes
monotones de ta famille, de ta dépendance de jeune
fille. Maintenant tu auras le droit d'initiative et la
responsabilité du bonheur de tous ceux qui t'entoure-
ront ; c'est assez pour donner de l'intérêt et du charme
aux plus insignifiants détails de l'existence.

Pour ce qui me concerne, tu te trompes absolument : je n'aime pas M. Maurice, au moins dans le
sens que tu parais attacher à ce mot. L'émotion et
l'embarras que m'avait causés notre étrange rencontre
dans la forêt ont bientôt fait place à une sécurité
absolue, à une confiance illimitée. Rien dans nos

relations qui ressemble aux agitations, aux transports
qui, dit-on, sont inséparables de l'amour. Je n'éprouve
même plus les inquiétudes, le malaise vague, le besoin de changement et d'impressions nouvelles que
mes rêveries et mes lectures éveillaient autrefois en
moi. La conversation de M. Maurice donne pour ainsi
dire de l'air à l'âme et la maintient à des hauteurs d'où
elle voit tout, sent tout et possède tout. A quoi bon
voyager? Aucun point de l'univers n'est plus près
qu'un autre du bonheur. Maintenant il me sera impossible de m'ennuyer. Que de nobles actions j'aurai
à faire, que d'études il me faudra entreprendre pour
arriver à suivre de loin M. Maurice! Jamais je n'ai
senti aussi clairement ce qui me manque et combien
je vaux peu. M. Maurice le sait comme moi. Ne t'ima-
gine pas qu'il me flatte ; il se montre au contraire à
mon égard d'une sévérité qui mettrait en déroute
toutes tes suppositions. Du reste, il faut que je t'aie
donné de lui une idée bien fausse pour que tu le
transformes en héros de roman. Un héros de roman, à
moins d'être contrebandier ou pirate, ce qui jette un
peu de variété dans ses occupations, n'a jamais fait

autre chose que rêver ou parler d'amour. M. Maurice
retourne le foin sur nos prairies avec un zèle et une
adresse qui enthousiasment mon père; il raccom-
mode les filets aussi habilement qu'un vieux pêcheur;
il a construit à lui seul une charmante petite maison
pour nos lapins, et il projette actuellement de nous
bâtir une serre avec le concours d'un jeune vitrier de
village. S'il restait près de nous, on ne reconnaîtrait
bientôt plus Kerléadeuc.

Les plans d'amélioration, les soins champêtres,
remplissent si bien nos journées, que je n'ai plus le
temps de lire, à peine celui de réfléchir. Je m'en veux
de ne pas prendre une part assez grande aux chagrins
de ma famille.

Je sais aujourd'hui la cause des préoccupations de
mon père : la papeterie va aussi mal que possible. Il
y a quelques jours, notre associé, une sorte de paysan
qui a prêté son nom à l'entreprise pour que celui des
Kerléadeuc ne se trouvât pas compromis dans une
affaire industrielle, est venu au château en l'absence
de mon père et nous a appris ce qu'on nous cachait
depuis longtemps. Le papier ne se vend pas, les ou-

vriers ne sont pas payés, enfin une faillite est immi-
nente. Le principal créancier, c'est le marquis de
Kérilio. Je comprends maintenant ses fréquentes
visites à Kerléadeuc et ses longues conférences avec
mon père.

Figure-toi que, ne sachant comment expliquer
l'empressement inusité du marquis, je commençais à
le croire amoureux de moi. Il n'en veut qu'à son argent; je me suis mise inutilement en frais de maus-
saderie, et je compte bien changer de manières à sa
prochaine visite.

J'ai fait ta commission à M. Maurice. Il a déjà visité
l'île au Moine; mais il ne manquera pas d'y aborder
en regagnant Paris.

MAURICE A ANTOINE.

Porto-Manè.

J'aime Marcelle, Marcelle m'aime, et je suis le plus
heureux des hommes. Tu trouveras une contradiction

profonde entre cette lettre et celle où je te disais que
cette affection mutuelle serait un malheur immense,
un crime.

J'étais absurde et fou alors : je me laissais égarer
par les préceptes d'une prudence vulgaire. Je suis
sage aujourd'hui : je n'écoute plus que mon cœur. Le
malheur, le crime, ce serait de briser deux existences,
faute de courage ; de reculer lâchement devant les
obstacles que la sottise des hommes a mis entre Marcelle et moi.

C'est notre faux orgueil, notre soumission imbécile,
qui font la force des préjugés sociaux. Quand je sup-
plierai le comte de Kerléadeuc de m'accorder la main
de sa fille, peu m'importe qu'il me réponde avec un
méprisant dédain ! Quand un homme se sent assez de
force et d'habileté pour nourrir par son travail la
femme qu'il aime, assez d'honneur pour la faire
respecter de tous, assez de passion et de tendresse
pour l'adorer jusqu'à la mort, fût-ce dans la pauvreté,
dans la tristesse, dans la souffrance, c'est un devoir
pour lui de se charger de la destinée de cette femme ;
l'abandonner serait une cruauté honteuse. Une femme,

quelque belle et sainte qu'elle soit, n'inspire pas deux fois dans sa vie un dévouement absolu.

D'interminables heures me séparent du moment où je reverrai Marcelle. Pour ne pas devenir fou de joie et d'impatience, j'ai besoin de te parler d'elle, de te raconter les circonstances qui ont préparé la soirée bénie d'hier.

Il y a trois semaines à peu près, je me trouvais, vers le milieu du jour, dans la baie de Kerenglass ; la chaleur était intolérable sur la plage ; je m'étendis dans une grotte séparée en deux par des quartiers de roche amoncelés formant une muraille à jour de quatre à cinq pieds de hauteur, et bientôt je m'endormis. Je fus réveillé par un bruit de voix qui me sembla venir de l'autre partie de la grotte, et je reconnus l'accent de Marie-Anne, la petite paysanne de la baie de Saint-Nicolas, et celui d'Hippolyte de Kerléadeuc. Ils étaient probablement assis tout près du rocher sur lequel reposait ma tête, car je ne perdais pas une seule de leurs paroles.

— Vous m'avez cent fois répété que vous m'aimeriez toujours, disait Marie-Anne en pleurant.

— Ma chère enfant, répondait Hippolyte d'un ton plein d'ennui, quand tu t'es donnée à moi, tu savais très-bien que je ne pouvais pas t'épouser, que je te quitterais pour me marier : se séparer plus tôt ou plus tard, c'est toujours la même chose. Obéis à ton père, épouse Jean Hervé.

— Je déteste cet homme; je ne l'épouserai pas ! s'écria Marie-Anne avec énergie. Mon père me battra, voilà tout. Que m'importe à moi d'être battue ! J'y suis habituée; cela m'est arrivé si souvent à cause de vous...

— On t'a battue à cause de moi ?... Tu ne me l'avais jamais dit, interrompit Hippolyte.

— Est-ce que je pensais à cela quand je vous voyais ? répondit la jeune fille avec une intonation pleine de tendresse.

— Nous ne nous verrons plus ; je ne veux pas que tu sois battue.

Il songeait évidemment aux inconvénients qui pourraient résulter pour lui-même de la colère du père de Marie-Anne.

— Vous ne m'aimez plus ! Qu'ai-je donc fait pour être aussi malheureuse ? s'écria la jeune fille.

6

Et elle éclata en sanglots.

— Vous n'êtes pas raisonnable. A quoi sert de se désespérer? dit froidement Hippolyte.

Et il quitta la grotte.

— Il ne m'aime plus! il ne m'aime plus! criait Marie-Anne avec l'accent monotone du désespoir.

Tout à coup je l'entendis courir sur le sable; elle voulait sans doute rejoindre Hippolyte.

Cette scène m'avait brisé le cœur. Voir cette jeune fille si gracieuse, si aimante, aux sentiments si élevés et si naïfs, brutalement froissée, dédaigneusement repoussée par cet imbécile, ce butor d'Hippolyte, n'était-ce pas navrant comme le spectacle de toutes les iniquités sociales, de toutes les violations des lois divines? Elle l'aura aimé parce qu'il ne s'enivre jamais complétement, parce que son langage est moins grossier, sa toilette plus soignée que celle d'un paysan breton; ses instincts délicats l'auront jetée dans les bras de ce rustre.

Deux semaines se passèrent sans que j'entendisse parler de Marie-Anne. Hippolyte, avec qui je causais très-souvent, paraissait aussi calme, aussi heureux que possible ; j'en concluais que le projet de mariage avait été abandonné et que la paix était faite entre lui et la jeune paysanne.

Il y a cinq jours, un de mes amis bretons, le fils du maire de Névé, m'emmena aux courses de Quimper ; Hippolyte s'y trouvait avec un très-ridicule personnage qu'on appelle le marquis de Kérilio. Au retour, ils firent la route avec nous. Il était onze heures du soir quand nous arrivâmes à Benozan, résidence du haut fonctionnaire dont je viens de te parler. En ligne directe, il y a à peine trois quarts de lieue de Benozan à Kerléadeuc ; mais les bords de la rivière sont si accidentés, si profondément festonnés par les baies, qu'il faut près de deux heures pour se rendre d'un castel à l'autre. Nous restâmes coucher à Benozan.

La famille du maire de Névé offre une variante du type que je t'ai signalé en te peignant les Kerléadeuc : c'est toujours l'inepte omnipotence du chef de famille, l'annulation de la femme, le sacrifice de la génération nouvelle à des idées absurdes, à des vanités d'une autre époque.

M. Bihan de Pencoat est riche et roturier d'origine ;

ses prétentions déplacées à la noblesse, son outrecui-
dance de parvenu, le classent très au-dessous du comte
de Kerléadeuc, qui porte au moins, dans ses aberrations
aristocratiques, une conviction profonde, une pensée
de devoir qui les excuse si elle ne les absout pas.

Julien, le fils unique de M. Bihan, m'inspire un
vif intérêt : il a des aspirations de cœur et d'intelligence dont la réalisation exigerait une grande force,
et son caractère est d'une excessive faiblesse ; c'est un
être prédestiné au malheur.

Le lendemain de notre arrivée à Benozan, M. Bihan
me faisait admirer, en attendant le déjeuner, les jets
d'eau et les poissons rouges dont il a orné son jardin,
quand un employé subalterne de la mairie l'aborda
respectueusement et lui dit qu'on l'attendait à Névé
pour faire un mariage.

— C'est l'affaire de l'adjoint ; qu'on me laisse tranquille, répondit M. Bihan avec impatience.

— Mais, monsieur, c'est Pierre Cadoret qui marie
sa fille ; il ne voudra pas de l'adjoint.

Le nom de Pierre Cadoret sembla faire une certaine
impression sur M. Bihan.

— Et bien, apportez les registres, et que la noce vienne ici, répondit-il. J'ai du monde chez moi; il m'est impossible d'aller à Névé.

Quelques instants plus tard, nous étions attablés devant un déjeuner breton : trois ou quatre homards, un saumon, une oie rôtie, un pâté de lièvre ; un jambon, la moitié d'un agneau.

Un cheval appartenant à M. de Kérilio avait gagné un prix aux courses : nous écoutions, pour la centième fois peut-être, les détails de ce haut fait, quand la noce fit invasion dans la salle à manger.

La mariée, c'était Marie-Anne. Elle était merveilleusement belle sous les riches dentelles et les rubans d'or de son costume d'épousée. Elle donnait le bras à son père, homme gros et fort, dont les lèvres pâles et serrées, les yeux petits, brillants, enfoncés dans leurs orbites, la tête carrée, le front bas, couvert de cheveux grisonnants qui semblaient vouloir rejoindre les sourcils, offraient des indices certains d'entêtement et d'avarice.

Derrière lui venait un jeune paysan à la face enluminée, stupide et colérique : c'était le fiancé, Jean Hervé.

6*

On avait rapproché les plats pour faire place aux registres municipaux : ils s'étalaient devant M. Bihan, entre l'oie et les homards.

Marie-Anne était devenue cramoisie d'abord, puis mortellement pâle en apercevant Hippolyte. Quant à l'héritier présomptif des Kerléadeuc, il continuait de découper le jambon avec un sang-froid parfait.

Cette impassibilité exaspéra sans doute la pauvre fiancée, car elle fondit tout à coup en larmes. M. Bihan, qui procédait déjà aux questions d'usage, s'arrêta pour demander ce que cela voulait dire.

— Je ne veux pas me marier !... répondit Marie-Anne d'une voix étouffée par les sanglots.

Et elle tomba sur une chaise, suffoquée, tremblante, brisée par une violente attaque de nerfs.

Une grande confusion se mit dans la noce. Les femmes s'empressaient autour de Marie-Anne ; les jeunes garçons se parlaient à l'oreille en ricanant. Jean Hervé était vert d'humiliation et de rage. Pierre Cadoret accablait sa fille d'injures grossières, la menaçait, la secouait violemment par le bras ; évidemment il l'eût assommée sans la présence du maire.

Nous avions quitté la table. Hippolyte s'était placé dans l'embrasure d'une fenêtre et cherchait à se donner une contenance en battant la mesure contre les vitres.

Je remarquai que Jean Hervé jetait sur lui des regards terribles, et que Pierre Cadoret se retournait de temps en temps de son côté pour lui montrer le poing.

Le marquis de Kérilio braquait son lorgnon sur Marie-Anne.

— Jolie fille, jolie fille, murmurait-il entre ses dents. Si Jean Hervé l'épouse, je lui conseille de la bien garder. Jolie taille, mains blanches, dents superbes !

M. Bihan, qui avait donné à sa physionomie une gravité emphatique, qu'il jugeait en rapport avec la majesté de ses fonctions, ne savait plus quelle grimace faire.

— Faut-il les marier oui ou non ? dit-il à Pierre Cadoret dès que Marie-Anne se fut un peu calmée.

— Certainement, certainement, monsieur le maire, répondit Cadoret.

— Je ne me marierai pas, dit la jeune fille dont les larmes recommencèrent à couler.

— Otez cela. Quel rôle me fait-on jouer? cria M. Bihan d'une voix terrible en poussant brusquement les registres qui renversèrent la salière dans le beurre et les crevettes sur le melon.

Pierre Cadoret était fou de colère; il prit sa fille par les deux épaules et la poussa si rudement dans l'escalier, qu'elle glissa plusieurs marches et se meurtrit le front contre la muraille.

— Nous verrons bien qui est le maître de toi ou de moi. Quant à ce freluquet, il aura son compte, grognait-il sourdement.

Les gens de la noce suivirent le père et la fille dans le plus grand désordre. Jean Hervé sortit le dernier en lançant sur Hippolyte un regard de dogue furieux.

— Peut-on se moquer à ce point d'un magistrat? dit M. Bihan en rangeant les plats épars sur la table. Allons, messieurs, déjeunons. Les sottises de ces brutes ne valent pas la peine qu'on s'en préoccupe.

Excepté M. de Kérilio, qui continua tout en mangeant l'inventaire des beautés de Marie-Anne, personne ne se rassit, et l'on quitta bientôt la salle à manger.

Hippolyte prit congé de nous pour retourner à Kerléadeuc, et le marquis partit pour Quimperlé. Julien m'avait supplié de lui consacrer la journée entière; je restai dîner à Benozan.

Le soleil se couchait quand je me mis en marche pour Porto-Mané. Je choisis un sentier qui passait devant une pierre célèbre dans le pays sous le nom de la *Roche du Diable*, au haut de laquelle j'avais presque la certitude d'apercevoir Marcelle. Elle y était en effet, et m'appela gaiement, dès qu'elle me reconnut, pour me demander des nouvelles des courses.

— Hippolyte a dû vous en donner, lui répondis-je.

— Mon frère n'a pas reparu à Kerléadeuc; il est sans doute resté chez nos amis de Quimper, répliqua-t-elle.

Je ne dis rien. Je pensai qu'Hippolyte était allé à Névé pour consoler Marie-Anne. Cette supposition me réconcilia un peu avec lui.

La conversation continua entre Marcelle, toujours assise sur son rocher, et moi debout sur la bruyère, à ses pieds. La nuit se faisait; les étoiles s'allumaient l'une après l'autre sur le fond bleu du ciel; la lune montait lentement à l'horizon, donnant des ombres aux grands pins, aux buissons, aux blocs de pierre qui rompaient çà et là l'aride nudité de la colline. Le léger brouillard qui suit les chaudes journées flottait au-dessus du sol, adoucissant les angles, amollissant les lignes, revêtant tous les objets d'un voile transparent et argenté.

Nous causions toujours, nous causions des choses les plus insignifiantes; mais depuis longtemps nous n'entendions plus nos paroles; nous n'écoutions que nos yeux et nos cœurs.

Un bruit de pas nous fit tout à coup tressaillir. Une forme légère passa très-près de nous, se dirigeant vers la mer, qui, très-haute en cet instant, emportait la terre jaune de la falaise.

— C'est Marie-Anne! s'écria Marcelle.

Pendant qu'elle disait ces mots, Marie-Anne s'avançait sur une pointe de terrain profondément miné, atteignait le bord et se précipitait dans l'eau.

J'arrivai dans la mer presque aussitôt qu'elle.

Ses vêtements la soutenaient encore ; je la saisis par la taille et lui dis de placer ses mains sur mes épaules. Mais la pauvre enfant avait complétement perdu la tête. Elle s'accrochait à moi et paralysait mes mouvements par ses étreintes désespérées.

Il était impossible de regagner le rivage par le point que nous touchions. La côte, formée en cet endroit d'une terre très-légère, se recourbait en demi-cercle sur nos têtes. Il fallait atteindre une plage unie qui s'étend vers l'entrée de la baie, à cinquante mètres à peu près de la *Roche du Diable*.

Marcelle l'avait compris et s'y trouvait déjà rendue ; elle m'appelait du geste et de la voix. Je suis bon nageur, tu le sais ; mais tu ne sauras, j'espère, jamais quel degré de puissance l'amour instinctif de la vie peut donner aux poignets d'une jeune fille. Marie-Anne serrait mon cou et un de mes bras ; elle m'étranglait. Je faisais de vaines tentatives pour lui faire lâcher prise, j'épuisais mes forces et je n'avançais pas.

Je voyais Marcelle folle de douleur sur le rivage. Elle s'élançait si imprudemment dans l'eau au-devant de moi, qu'elle se mettait elle-même en danger.

Un instant je me crus perdu, ma tête enfonça. Marcelle jeta un cri, prononça mon nom. Je voulus vivre, je remontai sur l'eau ; je fis un suprême effort, un de mes pieds effleura le sable, nous étions sauvés. Une minute plus tard j'étais évanoui sur le rivage. Quand je revins à moi, Marcelle tenait mes deux mains dans les siennes; son haleine réchauffait mes lèvres, ses larmes tombaient sur mon front. Mes yeux s'ouvrirent, les siens rayonnèrent. Pas un mot ne sortit de nos bouches. Je pressai Marcelle contre mon cœur, et nos âmes se confondirent dans un de ces baisers qui unissent deux êtres pour l'éternité.

— Occupons-nous de Marie-Anne, dit Marcelle doucement en se dégageant de mes bras.

La malheureuse jeune fille était assise sur une pierre à quelque distance, morne, grelottante, presque insensible.

— Lève-toi, viens à Kerléadeuc, lui dit Marcelle en s'approchant d'elle.

— Je n'irai pas, répondit brièvement Marie-Anne.

— Serait-elle folle ? me dit Marcelle avec anxiété.

Je racontai à Marcelle l'événement du matin, sans toutefois y mêler le nom d'Hippolyte.

—Mais pourquoi ne veut-elle pas venir au château? insista mademoiselle de Kerléadeuc.

Je n'avais pas de réponse prête. Marie-Anne vint à mon secours.

— Je veux aller à Quimperlé, dit-elle d'une voix éteinte; j'ai là ma marraine, elle m'aime, elle est bonne pour moi, elle me défendra contre mon père. Si je reste ici, ils me...

Le reste de la phrase fut murmuré si bas que je n'en pus saisir le sens; je crus cependant distinguer le nom d'Hippolyte.

—Retournez au château, dis-je à Marcelle, on doit s'inquiéter de votre absence. Je vais conduire cette jeune fille à Porto-Mané, chez mon hôte; sa femme est une excellente créature qui en aura le plus grand soin.

Marcelle hésitait et restait.

— Je vous supplie de nous quitter tout de suite, ajoutai-je; je le désire, je le veux...

Je trouvais un souverain plaisir à user envers elle

de ce ton d'autorité. Une heure auparavant je ne m'en serais pas senti le droit.

Marcelle me serra la main, puis disparut dans la nuit.

J'obligeai Marie-Anne à s'appuyer sur mon bras, et je l'entraînai péniblement jusqu'à Porto-Manè. Plusieurs fois durant la route je lui adressai la parole; mais elle ne me répondit pas, elle ne semblait même pas m'entendre.

La femme du douanier l'a parfaitement accueillie; elle savait déjà les détails de la scène du matin. La rapidité avec laquelle certaines nouvelles se répandent dans ces campagnes désertes sera toujours incompréhensible pour moi.

La pauvre Marie-Anne était si épuisée par la souffrance et par la fatigue, qu'elle dort probablement en ce moment dans le lit qu'elle partage avec la fille du douanier.

Moi, Antoine, je suis trop heureux pour dormir; je ne veux pas perdre dans le sommeil les heures que je puis employer à me répéter qu'*elle* m'aime.

MARCELLE A LAURE.

Mardi, onze heures du soir.

Comment te raconter les événements qui se sont accumulés depuis deux jours? comment te faire comprendre ce que je souffre? Quand je t'ai écrit que je n'aimais point Maurice, je cherchais à me tromper moi-même. Je l'aime depuis le premier regard que j'ai jeté sur lui, depuis cet instant toujours présent à ma pensée où j'ai rougi, où j'ai tremblé dans ses bras. Dire que je donnerais avec joie ma vie pour lui, c'est trop peu, cela n'aurait même pas de sens, car je n'ai plus d'existence propre, je ne vis plus qu'en lui. Je l'aime ainsi, il le sait; il doit me croire à lui pour toujours, et mon père me menace de se tuer si je n'épouse pas le marquis de Kérilio.

Ce qui se passe dans ma famille est un mystère pour moi. Hier, à sept heures du soir, tout était calme à Kerléadeuc, mon père n'était pas plus sombre qu'à l'ordinaire; nous attendions Hippolyte, qui se trouvait depuis quelques jours à Quimper. — A neuf heures, Maurice sauvait d'une mort certaine une jeune fille de Névé qui voulait se suicider ; lui-même était sur le point de se noyer avec elle ; moi, présente à cette scène, je devenais folle de désespoir. Maurice, quelques instants plus tard, avait appris comment il est adoré par moi. — A dix heures, des paysans rapportaient mon frère au château dans un effroyable état : sa tête était ouverte en deux endroits, ses mains et ses bras étaient meurtris de coups ; il pouvait à peine parler. Les paysans racontèrent qu'ils l'avaient rencontré évanoui dans une fondrière à une demi-lieue de Benozan.

Ma mère poussait des cris, mon père éclatait en menaces de vengeance contre ceux qui avaient osé traiter ainsi un Kerléadeuc.

On coucha Hippolyte ; Augustine pansa ses blessures, qui, heureusement, n'étaient pas profondes. Mon frère retrouva des forces pour défendre de faire venir un médecin.

Ce matin, vers cinq heures, mon père causa longtemps avec Hippolyte. J'ignore ce qu'ils se dirent ;

mais je remarquai qu'au sortir de la chambre de mon frère, la fureur qui animait mon père quelques instants auparavant avait fait place à une profonde tristesse.

Vers midi, le marquis de Kérilio arriva au château. J'étais près d'Hippolyte. Augustine m'apprit que mon père s'était renfermé dans sa chambre avec le marquis. Au bout de deux heures, je vis de la fenêtre M. de Kérilio quitter Kerléadeuc, et mon père se promener de long en large dans le jardin. Sa tête était penchée sur sa poitrine, ses traits horriblement bouleversés. Je ne songeai qu'aux affaires de la papeterie. Une demi-heure plus tard, Augustine me transmettait l'ordre de descendre dans la chambre de mon père. J'eus un pressentiment soudain; les larmes me vinrent aux yeux, mes jambes fléchirent, je descendis avec peine l'escalier.

Mon père était assis devant une table couverte de papiers. Quand j'arrivai près de lui, il se retourna brusquement vers moi.

— M. de Kérilio vous demande en mariage, et j'ai accepté pour vous, me dit-il avant même que je fusse assise.

— Oh! mon père, c'est impossible, m'écriai-je en tombant presque à genoux devant lui.

— Vous êtes folle, me dit mon père en me relevant.

Je lus dans ses yeux une implacable résolution.

— C'est vous qui devez de la reconnaissance au marquis. Il est de bonne noblesse, il a cinquante mille livres de rente ; il aurait pu prendre une femme dans les plus riches familles de la Bretagne, et il vous choisit, vous qui n'avez rien, parce que vous lui plaisez et qu'il désire s'allier aux Kerléadeuc.

— Je ne pourrai jamais aimer M. de Kérilio.

— Une honnête femme finit toujours par aimer son mari.

— Et si elle en aime un autre? murmurai-je timidement.

La colère brilla dans les yeux de mon père.

— Qui pourriez-vous aimer? s'écria-t-il avec un accent terrible.

Je restai muette.

— Serait-ce ce graveur, ce barbouilleur que j'ai eu la faiblesse de recevoir chez moi? Non, c'est impossible, une Kerléadeuc ne peut pas descendre aussi bas.

Cette insulte adressée à Maurice m'atteignit au cœur. L'indignation me donna du courage.

— J'aime M. Maurice Neyl, et je n'épouserai que lui, dis-je avec fierté.

— Malheureuse ! s'écria mon père en m'écrasant de son regard et de son geste. Vous, épouser cet homme, jamais ! j'aimerais mieux vous voir morte que déshonorée.

— Déshonorée ! la femme du plus noble des hommes ! murmurai-je avec amertume.

— Taisez-vous ! reprit mon père en me menaçant.

Un silence terrible se fit. Mon père, que l'ombre d'une contradiction irrite jusqu'à la démence, comme tous les gens qui n'ont de commerce qu'avec leurs inférieurs, faisait de visibles efforts pour retrouver du calme.

— Savez-vous dans quelle situation je me trouve aujourd'hui ? dit-il enfin d'une voix sourde. La papeterie nous a ruinés ; je dois près de soixante mille francs, dont quarante mille au marquis de Kérilio. En vendant la moitié de nos terres, je ne parviendrais pas

à m'acquitter. Pour surcroît de malheur, il nous faut
de l'argent en ce moment même. Hippolyte ne peut
pas rester dans le pays, il partira sous peu de jours
pour Versailles où s'est fixée depuis longtemps, comme
vous savez, la branche cadette des Kerléadeuc. En vous
épousant, le marquis de Kérilio achète la papeterie, se
charge de toutes les créances, et vous constitue un
douaire de trois cent mille francs. Il dépend de vous
de sauver votre famille de la misère, le nom des Kerléadeuc de la honte. Voyez maintenant s'il vous est
permis d'hésiter.

Tous ces calculs, toutes ces combinaisons d'argent
dans lesquelles j'entrais comme enjeu me firent fris-
sonner de dégoût et de honte.

— Il vous en coûte moins de vendre votre fille qu'un
morceau de terre? dis-je avec une ironie froide.

— Où avez-vous appris à parler ainsi? s'écria mon
père dont la colère, un instant dominée, se ralluma plus
vive que jamais. C'est sans doute dans les livres que
vous lisez sans cesse, dans les écrits des grands poëtes
et des grands philosophes modernes qui, au nom de
la fraternité, de la morale et de la dignité humaine,

apprennent aux peuples à égorger leurs rois, aux enfants à insulter leurs parents, et aux femmes à choisir
un époux parmi les laquais et les goujats.

Sentant qu'une semblable discussion ne pouvait
continuer entre un père et une fille, je me levai et me
dirigeai vers la porte.

— Sachez, dit mon père avec force, sachez que je
me tuerai plutôt que de vendre un seul des champs de
Kerléadeuc ou de faire perdre un écu à mes créan-
ciers. Maintenant, réfléchissez.

Je quittai l'appartement sans répondre et courus me
renfermer dans ma chambre. L'heure du dîner arriva.
Augustine vint me chercher ; je lui répondis que j'avais
une migraine horrible, que je ne descendrais pas, et
je me mis au lit pour avoir le droit de rester seule.

Jusqu'au moment où je t'écris, je n'ai eu qu'un
seul sentiment distinct au milieu de mon désespoir :
le remords de m'être laissée entraîner à avouer que
j'aimais Maurice. Maurice ne sera plus reçu à Kerléadeuc. J'ai formé, pour le revoir, mille projets plus
extravagants les uns que les autres. Il est impossible
que je ne le revoie pas... Mais comprends-tu mon

7*

père? comprends-tu le monde où nous vivons? Faire de sa fille, faire des femmes, une propriété qu'on se transmet de main en main, une sorte de monnaie avec laquelle on solde ses comptes! Sois sûre que mon père ne croit pas commettre un crime en me troquant contre l'argent du marquis de Kérilio. L'honneur est sauf, M. de Kérilio est de bonne noblesse. Je ne subirai jamais une semblable humiliation... Quand bien même je n'adorerais pas Maurice, je trouverais la force de résister à mon père. Le premier devoir, l'incontestable droit d'une femme, n'est-ce pas de n'appartenir qu'à l'homme qu'elle aime?...

Mercredi, une heure de l'après-midi.

Ce matin, vers onze heures, mon père est entré dans ma chambre. Chose incroyable chez lui, il était pâle, ses traits étaient profondément altérés.

— Ma fille, m'a-t-il dit d'une voix pleine d'abattement et de tristesse, M. de Kérilio sera ici à midi. Que lui dirai-je?

Je me sentis profondément troublée par la sombre inquiétude que je lisais dans les yeux de mon père, par le ton de déférence qu'il prenait pour la première fois avec moi. Je tremblais si fort que je fus obligée de m'appuyer contre un meuble.

— Mais, mon père, répondis-je sans lever les yeux de peur de voir le désespoir dans ceux de mon père, ne vous ai-je pas souvent entendu dire que M. de Kérilio était un homme sans esprit et sans cœur, livré aux plus basses habitudes, souvent ivre...

— Ma pauvre enfant, me dit mon père en m'interrompant et en saisissant mes deux mains qu'il serra avec un geste de supplication, sans lui nous sommes perdus, perdus à jamais. Que dirait-on dans le pays si je vendais Kerléadeuc? ce serait un déshonneur pour notre nom, une tache éternelle.

Des larmes coulaient sur les joues de mon père; je tombai dans ses bras.

Que me dit-il pendant une heure? que se passa-t-il en moi? je ne le comprends plus maintenant. Tout ce que je sais, c'est qu'au moment où le marquis entra dans la cour de Kerléadeuc, moi qui adore Mau-

rice, moi qui déteste M. de Kérilio, j'avais promis à
mon père de devenir la femme du marquis de Kérilio. J'attends maintenant l'instant où mon père me
fera appeler pour me présenter le marquis, mon futur
époux.

MAURICE A ANTOINE

Que se passe-t-il dans la famille de Kerléadeuc? je
ne puis le comprendre, mon esprit se perd en con-
jectures. Ce qui est certain, c'est que je suis le plus
malheureux des hommes : je ne peux plus voir Marcelle.

Hier matin, Marie-Anne est partie pour Quimperlé,
après m'avoir raconté que son père et son futur s'é-
taient embusqués dans un chemin creux, en quittant
Benozan, pour y attendre Hippolyte; qu'ils l'avaient
accablé de coups, tué peut-être; qu'ils étaient venus
ensuite lui raconter triomphalement les détails de
leur vengeance et exiger d'elle la promesse d'épouser
le lendemain Jean Hervé. Folle de douleur, désespé-

rant de fléchir son père, Marie-Anne a mieux aimé
mourir que de devenir la femme du meurtrier de son
amant.

Très-inquiet d'Hippolyte, je m'acheminai dès dix
heures du matin vers Kerléadeuc. Dans la cour du
château je rencontrai Augustine ; elle savonnait près
du puits des cols et des manchettes. Je lui demandai
des nouvelles de son frère avec une émotion qui sembla l'embarrasser.

— Hippolyte est revenu un peu souffrant des courses
de Quimper, me répondit-elle en rougissant de son
mensonge.

Je fis quelques pas vers la maison. Augustine m'arrêta d'un geste.

— On ne peut pas voir Hippolyte, il dort en ce
moment, dit-elle.

Puis, quittant son savonnage, l'excellente fille ouvrit
une porte de la cour qui donne sur la rivière et me
pria de la suivre.

— Monsieur Maurice, me dit-elle tristement aussitôt que la porte fut fermée, vous feriez bien de ne
plus revenir à Kerléadeuc.

— Pourquoi donc? m'écriai-je en regardant Augustine avec stupéfaction.

— Mon père est très-irrité contre vous; je crois qu'il ne veut plus vous recevoir.

— Je verrai le comte, m'écriai-je.

Une explication était, en tous cas, indispensable entre nous.

— Ne faites pas cela, vous désespéreriez Marcelle, dit Augustine.

— Marcelle! c'est impossible!...

— C'est elle qui m'a suppliée de passer la journée dans la cour pour vous empêcher d'entrer au château.

Je restai un moment stupide d'étonnement et de désespoir. Marcelle agir ainsi après la soirée de la veille!

— Mais enfin qu'y a-t-il? que se passe-t-il? criai-je avec une violence qui fit pâlir Augustine.

— Rien, me répondit-elle en balbutiant, rien. Seulement, nous ne pouvons plus nous voir. Soyez sûr que cela me chagrine beaucoup, ajouta-t-elle en me tendant la main.

Je serrai à peine ses doigts, puis je me mis à courir sans but sur le sable.

Augustine m'eut bientôt rejoint.

— Monsieur Maurice, me dit-elle, Marcelle vous prie de ne jamais vous promener dans les environs de Kerléadeuc, elle désirerait vous voir quitter le plus tôt possible la Bretagne.

Je ne répondis pas, j'étais fou. Jusqu'à la nuit j'ai erré dans les landes, sans avoir conscience ni des lieux où je me trouvais, ni du temps qui passait.

Qu'imaginer? que croire? Marcelle a-t-elle rougi à son réveil de l'émotion qui l'a jetée hier dans mes bras? a-t-elle reculé devant l'engagement que ses lèvres ont scellé sur les miennes? a-t-elle tremblé devant la pensée qu'un moment d'entraînement pouvait la condamner à devenir la femme d'un graveur? C'est un crime d'accuser Marcelle de semblables calculs, Marcelle n'a jamais songé à ces choses. Ne savait-elle pas d'ailleurs que, si elle l'eût désiré, j'aurais feint d'oublier cette soirée, j'aurais trouvé la force de me montrer calme, froid, indifférent en sa présence!... Il y a au fond de tout cela quelque mystère terrible,

quelque combinaison infâme... Mais, sois-en sûr,
Antoine, Marcelle n'a aucun tort; elle souffre certainement autant que moi. C'est une sainte, et elle
m'aime...

Dix jours plus tard.

Que ne donnerais-je pas aujourd'hui pour mes in-
certitudes et mes illusions d'hier?... Je l'ai apprise
enfin cette vérité que j'aurais volontiers payée de ma
vie. Comment te la dire? comment t'avouer la honte,
la dégradation de Marcelle? Elle épouse le marquis
de Kérilio. C'est une affaire résolue depuis longtemps.
Je comprends maintenant pourquoi elle n'a pas voulu
me revoir. Quel rôle eût-elle joué entre cet homme et
moi? Deux fois perfide, deux fois traître, comment
eût-elle soutenu mon regard plein de reconnaissance
et d'enthousiasme?

Elle m'ordonnait de quitter la Bretagne; elle espérait sans doute que j'ignorerais sa vie, qu'il ne me
resterait d'elle que le parfum d'une heure d'amour,
le souvenir de sa tendresse et de sa beauté? Une ren-

contre bien inattendue, bien étrange a déconcerté ses prévisions.

J'éprouvais ce matin un si invincible besoin d'entendre parler de Marcelle, que je résolus d'aller voir Julien. Je pris ma route par les champs aussi loin que possible des bords de la rivière pour obéir à la recommandation d'Augustine. J'allais sortir d'un chemin creux quand j'entendis un bruyant éclat de rire au milieu duquel je distinguai ces paroles : « J'avais toujours prédit que ce diable de Maurice se ferait ermite. » Je levai les yeux, et j'aperçus, étendue sous un arbre, à plusieurs pieds au-dessus ma tête, Lia, la belle juive que tu as fait poser pour ton tableau de la *Sunamite endormie*.

— Est-ce que vous ne me reconnaissez pas ? s'écria-t-elle. L'air de la mer m'a peut-être rendue un peu plus noire, mais je suis toujours belle. Deux années ne m'ont même pas fait oublier vos compliments, comme vous voyez ; seulement je ne les sais plus en latin. Grimpez donc ici, nous nous raconterons mutuellement nos aventures à l'ombre de ce chêne, comme cela se pratique dans l'Arioste et dans Cervantes.

— Vous êtes devenue bien lettrée, répliquai-je sans faire un seul pas.

— J'ai aimé successivement deux poëtes, et leur conversation était beaucoup trop ennuyeuse pour n'être pas un peu instructive.

Dans la disposition d'esprit où je me trouvais, le ton et les manières de Lia me parurent si intoléra-bles, que j'allais continuer ma route sans lui deman-der comment elle se trouvait là, quand d'un mot elle me fit escalader le fossé et m'asseoir à ses côtés.

— La dame de vos pensées dût-elle s'offenser de votre retard, il faut que vous m'indiquiez la route de Kerléadeuc, dit-elle en me rappelant du geste. Si vous êtes depuis quelque temps dans le pays, vous connaissez sans doute la belle Marcelle, ma rivale?

— D'où savez-vous le nom de mademoiselle de Kerléadeuc? m'écriai-je en la regardant en face.

Mes yeux et mon accent me trahirent, car Lia par-tit d'un éclat de rire et me dit :

— Tiens, c'est pour elle que vous êtes ici! Notre roman me paraît solidement charpenté, vous êtes mon allié naturel.

— Expliquez-moi pourquoi vous allez à Kerléadeuc, lui dis-je durement.

— Au nom de mes droits antérieurs, je vais dis-
puter mon marquisat à l'ange de vos rêves. En quittant Paris, j'avais parié que je réussirais à me faire
épouser par cet imbécile de Kérilio, et je tiens essen-
tiellement à gagner.

Dans ce premier moment, je n'éprouvai ni indignation ni colère contre Marcelle, mais un anéantisse-
ment profond, une sorte d'hébétement. Ouvrir mon
cœur à cette créature éhontée me sembla une telle
profanation, que j'eus pourtant le courage de dissimuler.

— Que prétendez-vous faire? dis-je d'une voix
que je m'efforçais de rendre calme et que je n'entendais pas moi-même.

— Alarmer les consciences patriarcales des parents
de Marcelle en les initiant aux mœurs, coutumes et
habitudes de leur gendre futur. Ma visite seule doit
suffire pour jeter l'effroi à Kerléadeuc. Ces vertueux
campagnards ne peuvent pas voir de différence ap-
préciable entre une femme comme moi et le diable.

J'eus une lueur d'espoir ; j'acceptai avec joie l'auxi-
liaire que l'enfer m'envoyait, et je m'empressai de
conduire Lia jusqu'à l'entrée du bois de Kerléadeuc.

Caché dans un taillis épais, j'attendis le retour de
la juive. Pendant plus d'une heure je parvins à me
maintenir dans l'état de complet abrutissement où
ses révélations m'avaient plongé. Le désespoir essaya
plus d'une fois de me mordre au cœur, mais je le
combattais par l'argument suprême qui soutient
jusqu'à la dernière heure de l'agonie les mourants
qui ne veulent pas mourir : « C'est impossible! »

Enfin Lia reparut. Ses sourcils étaient froncés, ses
regards plus noirs encore que de coutume. Je sortis
tremblant de ma cachette.

— Qu'on ne me parle plus de la simplicité et de
l'austérité bretonnes, s'écria-t-elle dès qu'elle m'aperçut. Nos bourgeois de Paris sont plus aisés à effa-
roucher que ce vieux paysan de Kerléadeuc. Je l'ai
trouvé remuant lui-même son fumier dans la cour de
son castel en ruines, et, le prenant pour un domestique, je lui ai demandé si M. le comte était visible. Il
m'a toisée avec défiance des pieds à la tête. Puis, au

lieu de me faire entrer dans la maison, il m'a conduite dans une sorte de grange et m'a priée de lui
expliquer le motif qui m'amenait chez lui. J'ai raconté mon histoire avec un grand luxe de broderies.
Le descendant des pierres druidiques n'a même pas
semblé ému, il m'a répondu que le passé du marquis
de Kérilio ne regardait en rien ni lui ni sa fille, et
m'a reconduite jusqu'à la lisière de ses champs,
comme un gendarme accompagne un intrus jusqu'à
la porte d'un lieu réservé. Il faut que ces gens-là
aient bien besoin de l'argent du marquis.

Je n'entendais plus Lia. C'était possible, c'était
vrai, c'était certain : Marcelle épousait M. de Kérilio.

— Je vous fais mon compliment de condoléance,
dit Lia en riant. Il paraît, à votre air, que vous n'étiez
pas dans le secret !

— Et où allez-vous ? parvins-je à articuler.

— Moi ? au château de Kérilio. Je fais tout ce que
je veux de ce ridicule marquis ; tout, excepté un mari.
Encore est-ce une affaire de théologie : il ne veut pas
que ses descendants aient du sang juif dans les veines.
Je resterai à Kérilio jusqu'à la veille du mariage, et

je ferai en sorte que Marcelle le sache. Ah çà! est-ce
qu'un grand garçon, orné de deux cicatrices au front,
que j'ai rencontré dans l'auberge de Pont-Aven et qui
s'embarquait dans la diligence de Paris, est parent de
ces Kerléadeuc? Il m'a semblé que l'aubergiste lui
donnait ce nom.

— C'est le fils du comte.

— Et il va à Paris! Je tiens ma vengeance.

J'étais retombé sur la mousse au bord du bois, je
ne songeais même plus à la présence de Lia.

— Ce n'est guère aimable à vous de me laisser retourner seule à Pont-Aven, me dit-elle; mais je viens
de briser vos illusions, je vous dois de l'indulgence.
Adieu.

Et elle disparut derrière les buissons.

Je me suis répété à toutes les minutes de la journée, pendant près de deux semaines : « Il faut que je
sache la vérité. Quelle qu'elle soit, elle vaudra mieux
que le doute, je pourrai au moins prendre un parti. »
Je la connais aujourd'hui cette vérité, et je ne prends
aucun parti. Je passe les heures du jour couché au
fond des grottes, et celles de la nuit à errer autour des

murailles derrière lesquelles dort Marcelle. Crois-tu
qu'elle puisse dormir?...

MARCELLE A LAURE

Je n'ai pas revu Maurice. Maurice n'a fait aucune
tentative pour me revoir; il m'obéit bien scrupuleu-
sement. Si j'étais homme, on ne me séparerait pas
aussi aisément de la femme que j'aime.

Peut-être me méprise-t-il trop pour me regretter;
il doit s'en croire le droit, et pourtant... Où est le
crime, où est la vertu pour une femme? Je me pose
fatalement cette question dès qu'il m'arrive de réfléchir.

Maurice a l'âme la plus noble et la plus généreuse,
l'intelligence la plus sympathique qu'on puisse rêver.
Je l'aime et il m'aime. Eh bien, dans l'opinion de
ceux qui m'entourent, ce serait une honte, un déshonneur pour moi que d'être sa femme, tandis qu'on
m'approuve, qu'on me félicite d'épouser le marquis
de Kérilio, un homme grossier, sans esprit et sans

cœur, qu'on traiterait demain avec le dernier mépris si une circonstance quelconque lui enlevait ses cinquante mille francs de rente.

Et ce sont mes parents, les êtres que je respecte le plus au monde, qui comprennent ainsi l'honneur et le devoir ! Il y a des instants où mes idées se troublent, où toutes les notions que je croyais avoir sur le bien et sur le mal se confondent, où, effrayée de me sentir seule contre tous, et convaincue pourtant que la justice, la vérité, Dieu, sont avec moi, j'ai besoin de me réfugier dans la prière, d'anéantir mes forces par la fatigue physique pour ne pas devenir folle. Si au moins je pouvais me confier à quelqu'un, crier tout haut ce que je souffre ; mais qui m'écouterait ? Tous sont joyeux, tous me complimentent, tous me remercient ; on fait la liste des gens qu'on invitera à mon mariage, on prépare mes toilettes ; c'est dans dix jours : la révolte est impossible, je ne trouverais nul appui, nul secours ; Maurice lui-même m'abandonne, Maurice ne m'aime plus... Si je pouvais mourir !

LAURE A MARCELLE

Es-tu certaine d'être aussi malheureuse que tu le crois? Après tout, tu vas être marquise et riche; tu pourras donner des fêtes, voyager, habiter Paris. M. Maurice te paraissait charmant dans tes landes; mais sois sûre que tu rencontreras dans le monde bien des jeunes gens très-supérieurs à lui. Toi-même, de jolie tu vas devenir belle, irrésistible, grâce à tes dentelles, à tes cachemires, à tes diamants.

Sans doute le mariage d'inclination est un beau rêve; un rêve auquel j'ai donné plus d'un soupir; mais n'est-ce pas de la folie que d'espérer le réaliser?

Je te dis peut-être tout cela pour me consoler moi-même : je me marie dans deux jours, et je n'aime guère plus M. de Trémalec que tu n'aimes le marquis de Kérilio. Cette lettre, que je suis obligée d'abréger faute de temps, est ma dernière lettre de jeune fille. Tu n'en sauras pourtant pas moins ce qui se passera dans mon cœur et dans ma tête. J'ai déclaré à mon

8

futur que tu tenais la première place dans mes affections, et je ne lui suppose pas l'espérance présomp-
tueuse de te déloger à son profit.

MARCELLE A LAURE

Tours.

Cache-toi pour lire cette lettre, n'avoue pas qu'elle
est de moi; c'est la lettre d'une morte; pour toute
autre que toi, je dois avoir cessé de vivre. Il y a quatre jours, à midi, on disait ma messe de mariage dans
l'église de Névé. A huit heures du soir, après un repas
de cinq heures, je quittais Kerléadeuc avec le marquis
de Kérilio. Le marquis avait désiré que les choses se
passassent ainsi, pour afficher ouvertement son dédain des coutumes bas-bretonnes. J'avais volontiers
consenti à cet arrangement; j'y voyais vaguement des
chances d'échapper à ma destinée, la possibilité de
dangers, de périls; enfin je parvenais à allonger dé-
mesurément, par la pensée, la distance qui sépare les
deux chateaux : j'espérais n'arriver jamais à Kérilio.

Je n'essaierai pas de te faire comprendre mon état
moral pendant ce voyage. Jusqu'à Quimperlé, ce fut
un lourd cauchemar, une sorte de démence froide et
stupide. Les joies de mon enfance, les rêves de ma
jeunesse, Maurice, m'apparaissaient dans un incom-
mensurable lointain, à travers un brouillard glacé.
Entre eux et moi étaient l'irrémédiable, l'impossible.
De temps à autre une lueur hideuse traversait ces ténèbres : je voyais clair dans ma situation, dans mon
âme. Cet homme, qui sommeillait près de moi après
m'avoir fatiguée de banales galanteries, et que je ne
pouvais regarder sans horreur, c'était mon mari ;
j'avais juré de le respecter, de l'aimer.

A Quimperlé, la voiture s'arrêta un instant devant
une auberge ; je mis machinalement la tête à la portière, et j'aperçus Maurice assis sur un banc près de
la porte, la tête cachée entre ses mains. L'obscurité
était complète ; ce n'est certainement pas avec les yeux
du corps que je le reconnus, que je vis ses larmes,
que je lus sur ses traits l'amour et le pardon. Les
chevaux repartirent. Je n'étais plus la même femme :
ni crainte, ni stupeur, une énergie ardente, la réso-

lution ferme de n'appartenir à personne, puisque je
ne pouvais être à Maurice. J'attendais avec impatience
le moment où je pourrais dire toute la vérité au marquis ; je ne doutais pas qu'il ne me comprît, qu'il ne
s'empressât de renoncer aux droits que je lui avais
donnés sur moi. En cet instant, je n'avais aucune
communication avec le monde extérieur ; je ne voyais
qu'avec la lumière de l'âme, ce reflet de la lumière
d'en-haut qui réduit à néant les mensonges humains.
Ma confiance s'évanouit quand les flambeaux, portés
par des laquais en grande tenue, éclairèrent la physionomie niaisement brutale du marquis. Ce qui était
évident pour moi ne devait avoir aucun sens pour lui.

J'entrai, folle de désespoir, dans l'appartement
qu'on m'avait préparé. Le marquis me quitta en me
disant : « A bientôt ! » Je tombai demi-morte sur un
fauteuil. Une femme de chambre se tenait devant moi
tout interdite.

— Madame veut-elle que je la déshabille ? dit-elle
enfin.

— Sortez, laissez-moi, répondis-je d'une voix à
peine articulée.

— Il y a sur la cheminée une lettre pour madame, dit la jeune fille en se retirant.

Je saisis la lettre, et je la tins pendant plusieurs minutes entre mes mains sans oser y jeter les yeux. Maurice seul pouvait m'écrire ce jour-là. Qu'allais-je lire?.. Je brisai enfin le cachet. C'était l'écriture du marquis de Kérilio. Je laissai tomber le papier avec dégoût. Bientôt je le ramassai : il y a des situations où l'on cherche partout une espérance. Je lus, avec étonnement d'abord, puis avec avidité. Voici la lettre :

« Ne te désespère donc pas, tu sais bien que je n'aime que toi ; mais il faut se résigner à une séparation momentanée ; je ne pouvais pas laisser éteindre le nom de Kérilio. Mademoiselle de Kerléadeuc ne doit guère te faire ombrage : je l'ai choisie, d'abord parce qu'elle est d'une excellente famille, ensuite parce qu'elle m'a paru douce, pieuse et un peu bête ; elle élèvera bien mes enfants et ne me gênera en rien. Tu verras, l'hiver prochain, à Paris, si je suis devenu l'esclave de ma femme, comme tu m'en menaces souvent. Moi, le plus indépendant des hommes, être mené par cette petite fille? Tu me connais bien peu !

8*

» Je pense que tu t'apprêtes à quitter le château. L'appartement que tu habites sera celui de Marcelle, et on doit y faire quelques installations. Prends, si tu veux, ma voiture pour te rendre à Quimperlé; mais, je t'en conjure, ne pars pas en plein jour : cela ferait trop parler.

» Adieu, belle Ariane, tu reverras bientôt Thésée. »

Le timbre de Quimperlé, appliqué sur la lettre même, avait juste trois jours de date.

Ariane, c'était sans doute la femme aux yeux noirs que j'avais aperçue dans les jardins de Kérilio. Elle croyait m'humilier, se venger en m'envoyant cette lettre qui me comblait de joie. Le marquis ne pouvait me refuser ma liberté; j'avais hâte maintenant de le voir. Enfin il arriva. Je te fais grâce des vulgaires tendresses qu'il me débita. Je ne lui répondis qu'en lui montrant la lettre ouverte. Il l'arracha de mes mains avec fureur.

— Je ne vous demande qu'une grâce, lui dis-je, celle de me retirer dès demain dans un couvent.

— Vous moquez-vous de moi? cria le marquis. Croyez-vous que j'ai jeté soixante-dix mille francs dans l'eau pour devenir la fable du département?

— Mais, monsieur, puisque vous ne m'aimez pas, puisque vous aimez cette femme, puisque vous comptez la rejoindre... Il me semble que j'ai le droit...

— Il n'y a que moi qui ai des droits ici, répondit le marquis, même celui d'aimer cette femme, si cela me convient. Pourvu qu'elle n'habite pas le château, ni vous ni la loi n'avez rien à y voir. N'espérez pas m'imposer vos caprices : aucune femme ne m'a jamais dominé, moi!...

— Vous êtes libre, monsieur; je retournerai demain chez mes parents, répondis-je froidement.

La colère du marquis, comme celle de toutes les natures basses, était à la fois hideuse et grotesque.

— Ah çà! pour qui me prenez-vous? cria-t-il en croisant les bras et en se posant en face de moi. Vous n'aviez pas le sou, votre père me devait cinquante mille francs, j'ai bien voulu vous épouser; et maintenant que vous tenez mon nom et mon argent, vous vous imaginez que je vais vous laisser dans votre famille! C'est un moyen inédit de payer ses dettes, un faux que le Code n'a pas prévu, un véritable esca-

motage. Est-ce votre père qui vous a conseillé de me
jouer ce tour-là? Il en est bien capable, ce vieux re-
nard.

J'étais muette de dégoût.

— Je suis mille fois trop bon de discuter avec vous,
continua le marquis en me saisissant par le bras;
après tout, je suis le maître ici, et vous êtes ma
femme.

Je me dégageai par un mouvement brusque, et je
m'élançai vers une fenêtre ouverte.

— Si vous faites un pas, je me précipite! criai-je
hors de moi.

— Taisez-vous, dit le marquis, je ne veux pas jouer
un rôle ridicule devant mes laquais. Demain matin,
nous partirons pour l'Italie, et vous apprendrez si des
criailleries de femme m'effraient.

J'étais toujours près de la fenêtre, tremblante, mais
résolue.

Le marquis quitta ma chambre en murmurant de
grossières injures. Je tombai à genoux, et restai longtemps anéantie.

Il avait raison contre moi, cet homme : j'avais li-

brement signé le contrat qui m'enchaînait à lui ; j'étais
sa propriété, sa chose. Vivante, je ne pouvais lui
échapper ; mais je pouvais mourir. La mort !... Elle
m'apparut d'abord comme un refuge, puis comme
une espérance, comme le bonheur. Mes souvenirs
suprêmes me liaient déjà à une autre vie. Était-ce
d'un mort ou d'un vivant que j'avais reçu le baiser
des fiançailles éternelles ? Sur la terre, la souffrance,
l'esclavage ; au fond des mers, la liberté, l'amour.
Sous les vagues infinies et lumineuses, Maurice me
tendait les bras et m'appelait.

Je me relevai, folle peut-être, mais confiante et
heureuse. Je descendis l'escalier, j'entrai sans bruit
dans le grand salon, j'ouvris une fenêtre et je sautai
dans le jardin. Je me trouvai bientôt au milieu d'un
bois. Je marchais rapidement dans la nuit, me heur-
tant aux pierres, me déchirant aux ronces. Mon hallucination continuait. J'approchais de la rivière, et la
plainte sourde de l'eau disait clairement pour moi :
« Hâte-toi, je t'attends. »

Je crus tout à coup entendre des pas, je voulus
courir ; ma robe s'embarrassa dans les buissons, mon

pied, rencontra la racine d'un arbre scié à fleur de terre. Je tombai. Une main me releva, je la saisis avec transport : c'était la main de Maurice.

— Je savais bien que tu étais là ! m'écriai-je, poursuivant mon rêve.

Maurice me serrait contre son cœur sans prononcer un mot. Des voix lointaines, des aboiements de chien, nous rendirent à la réalité. On avait sans doute découvert ma fuite, on me cherchait. Maurice me prit dans ses bras et courut ainsi chargé pendant plus d'une demi-heure. Il s'arrêta enfin dans un bois de sapins bordé par la rivière.

— S'ils nous poursuivent jusqu'ici, l'eau nous sauvera d'eux, dit-il en me déposant à terre.

Pendant longtemps nous restâmes muets, inquiets, haletants. La chute d'une feuille, le plus imperceptible bruissement dans l'herbe, me causaient de longs frissons. Peu à peu je me familiarisai avec les bruits de la nuit; mes terreurs cessèrent, et avec elles l'immense oubli qui m'avait faite presque heureuse en face du danger.

— Nous n'avons plus rien à craindre, dit Maurice.

— Et demain, demain, que deviendrai-je? répondis-je avec découragement.

Maurice me regarda tristement.

— Demain vous ne comprendrez plus l'exaltation d'aujourd'hui, vous regretterez les joies du monde, la richesse, l'approbation des hommes; et vous irez demander tout cela au marquis de Kérilio, dit-il avec amertume.

— Rien! rien, pas même lui!... criai-je en m'éloignant de Maurice.

Il courut après moi et me saisit la main.

— Écoute, me dit-il, j'ai si souvent souhaité ce qui arrive que j'ai tout prévu. Sois morte pour tous; viens à Paris, chez ma mère: elle m'aime tant, tu l'aimeras.

— Moi! chez vous! répondis-je avec effroi. Moi, la femme d'un autre!

Maurice frémit.

— Ne dis jamais cela, murmura-t-il d'une voix étouffée. Consens à devenir la fille de ma mère, et je te jure d'être un frère pour toi.

Je ne répondis pas. Maurice comprit mon silence et m'entraîna rapidement. Je me laissai conduire. Des

paroles de Maurice, je n'avais retenu qu'un mot :
« Toi. » Pour la première fois, mon cœur était com-
blé. De ces trois lettres sortaient des effluves de vie :
une atmosphère nouvelle, inconnue, était créée pour
moi. Ce mot, je ne permettrai pas que Maurice le ré-
pète ; mais combien je plains ceux qui meurent sans
l'avoir entendu. L'éternité doit apparaître bien morne
et bien froide quand aucune voix humaine n'a fait
passer dès ici-bas sur notre âme les souffles embrasés
de l'air du ciel.

Je m'efforçai de cacher mon trouble en faisant à
Maurice plusieurs questions tout à fait étrangères à
mes pensées. Maurice était peut-être aussi ému que
moi, et cependant il me parla avec animation, avec
éloquence, d'art, de poésie, d'histoire, de philosophie. Celui qui nous aurait vus cheminant paisible-
ment, par cette belle nuit d'été, en dissertant sur
Gœthe et sur Shakespeare, sur Schubert et sur Mo-
zart, n'eût certes jamais soupçonné les angoisses et
l'étrangeté de notre situation.

J'aperçus avec regret, sur le bleu sombre du ciel,
la raie lumineuse qui précède l'apparition du soleil.

Le jour allait ramener pour nous les souffrances, la lutte, les préoccupations mesquines.

Maurice remarqua le premier que ma tête était nue.

— Nous achèterons un chapeau dans la première ferme que nous rencontrerons, me dit-il.

Mais les paysans bretons sont défiants, hostiles aux gens des villes, curieux et amoureux du scandale, malgré leur apparente impassibilité. Le moindre doute de leur part pourrait nous trahir, le moindre bavardage nous perdre.

— Que dirai-je? me demanda Maurice avec embarras, dès que nous approchâmes d'une habitation.

— Ce qu'il faut dire, lui répondis-je en rougissant.

Maurice entra hardiment dans la ferme et raconta qu'il était Parisien, que lui et sa femme avaient quitté Saint-Maurice la veille, pour se rendre à T..., où Jean Bozec les attendait pour les conduire à Groix; qu'un coup de vent ayant enlevé mon chapeau pendant que nous traversions la rivière, il désirait acheter un des leurs.

Les touristes parisiens abondent, comme tu sais,

9

dans le Finistère, et nos paysans comprennent si peu qu'on puisse se déranger et surtout dépenser de l'argent pour venir contempler de l'eau et des pierres, qu'ils considèrent les Parisiens en masse comme des fous; de leur part, rien ne les étonne plus.

Les trois hommes et les quatre femmes qui nous entouraient se mirent à rire en écoutant Maurice et échangèrent en breton des moqueries à notre adresse. Puis la plus jeune des femmes ouvrit une armoire et en tira un chapeau de paille tout neuf, dont elle demanda un prix exorbitant.

— Deux heures plus tard, nous étions en pleine mer, et le soir même nous quittions Groix sur un chasse-marée qui se dirigeait vers Nantes.

Je tombai dans le désespoir dès que le repos forcé de la traversée me permit de réfléchir. La douleur que j'allais causer à mes parents me déchirait l'âme. Ce fut alors que je pris la résolution de t'écrire : use, je t'en prie, de ta liberté de jeune femme pour te rendre au plus tôt près de ma mère. Je ne puis supporter la pensée qu'elle pleurera chaque jour ma mort, quand je serai calme, sinon heureuse. Raconte-lui tout;

lis-lui même ma lettre, si tu le juges convenable; mais garde-toi de laisser pénétrer mon secret à mon père.

Tu ne saurais imaginer ce que Maurice a été pour moi pendant ce voyage. Il semblait avoir complétement oublié la nuit qui l'avait précédé, ou du moins ne se rappeler de cette nuit-là que son serment.

Maintenant je suis seule à Tours : j'ai exigé que Maurice prît les devants pour m'annoncer à sa mère. Je ne partirai que demain pour Paris. Je vais donc enfin connaître la mère de Maurice; mais la mienne, la reverrai-je?...

MARCELLE A LAURE

Paris, janvier.

Tu me demandes ce qu'est la mère de Maurice. Voici son histoire telle que Maurice me l'a racontée sur le pont du chasse-marée qui nous emportait vers Nantes, à l'instant où nous perdions tout à fait la côte de vue. J'éprouve encore, en écrivant ceci, le serrement de cœur qui me prit alors. Ceux que je laissais en Bretagne me semblaient à jamais séparés de moi par cette mer froide, inexorable, qui nous enveloppait de toutes parts.

« Quand une belle fleur s'épanouit sur l'eau calme d'un lac, me disait Maurice, il se trouve toujours parmi ceux qui côtoient la rive quelque imprudent, enthousiaste de la beauté, amoureux de la forme et de la couleur, qui veut à tout prix la cueillir. — Ne vous exposez pas pour si peu, lui disent ses sages compagnons, l'eau est profonde, le fond mouvant; cette fleur sera bientôt flétrie; qui sait? peut-être est-elle sans parfum. — Mais celui qui ne veut plus des fleurs de la terre dès qu'il en a entrevu une plus parfaite se jette dans le lac sans rien écouter; il atteint le but à grand'peine et saisit avec transport la plante mystérieuse. Alors la vase que ses pieds ont remuée se creuse sous lui, la fleur lui échappe des mains; dans ses efforts pour la ressaisir, il enfonce et disparaît. On pourrait le sauver, mais les sages du rivage sont trop occupés à déplorer sa folie et à se féliciter de leur prudence pour songer à lui tendre la main.

» Voilà la vie, et voilà l'histoire de ma mère. Elle

appartenait à une famille sans fortune ; elle avait deux sœurs qui surent s'assurer de brillantes situations par des mariages de calcul et d'intérêt. A dix-huit ans, ma mère rencontra un étranger, un proscrit. Jeune, beau, musicien, poëte, le comte Maurice, Moldave d'origine, avait toutes les séductions : dans les yeux la poésie du soleil d'Orient, dans les discours la rêveuse tristesse de l'exil. Ma mère l'aima et l'épousa malgré l'opposition de sa famille. Deux ans plus tard, elle était seule avec moi à Paris, dans la solitude, dans la misère : le comte Maurice l'avait abandonnée pour courir le monde en aventurier. Les gens qui avaient pris chaudement le parti de ma mère pendant les premiers temps de son mariage la blâmèrent sans pitié dès que le malheur la toucha et cessèrent peu à peu de la voir ; ses sœurs elles-mêmes, au lieu de la consoler, de lui venir en aide, ne s'occupèrent d'elle que pour se glorifier de leur perspicacité, ne la visitèrent que pour lui répéter sous toutes les formes : « Vous êtes forcée de reconnaître aujourd'hui combien nos avis étaient bons. »

» Toute l'existence de ma mère peut se résumer en

un seul mot : elle m'a aimé. Pour me nourrir, elle
s'est faite ouvrière ; pour m'instruire, elle est devenue
savante ; pour me donner un intérieur joyeux, elle a
su rester jeune, gaie et enthousiaste... Vous adorerez
ma mère, » continua Maurice en me serrant la
main.

Il ne se trompait pas : j'aime sa mère de toute mon
âme depuis le premier jour où je l'ai connue. Elle me
traite comme sa fille et aussi comme sa sœur ; sa tendresse gracieuse et intelligente n'a pas d'âge, pas plus
que sa taille élégante, pas plus que ses beaux yeux
d'un brun orangé qui rayonnent doucement sous de
longues boucles blanches. Cette femme excellente m'a
fait ces jours derniers le plus immense des sacrifices :
pour me conserver près d'elle, elle s'est séparée de
son fils.

Depuis quelque temps, les personnes que j'avais
vues chez la mère de Maurice pendant les premières
semaines de mon séjour à Paris ne se présentaient
plus chez elle. Je ne l'avais pas encore remarqué,
quand il y a huit jours une de nos voisines m'arrêta
dans la rue et me dit à travers mille démonstrations

affectueuses sous lesquelles perçait une satisfaction méchante :

— Madame Neyl (c'est le nom de famille de la mère de Maurice, nom qu'elle a repris depuis longtemps) ne doit pas m'en vouloir si j'ai cessé d'aller la voir ; j'ai toujours défendu madame Neyl, je ne crois pas un mot des méchancetés qu'on débite sur vous. Mais ma fille aura bientôt quinze ans ; mes devoirs de mère m'obligent à respecter l'opinion, et madame Neyl a toujours eu des idées si bizarres.

Sans faire aucune question, je sus bientôt qu'on accusait la mère de Maurice d'avoir pris chez elle la maîtresse de son fils. Cette basse calomnie vengeait les amours-propres froissés par une incontestable supériorité.

Je rentrai désespérée, et j'annonçai à madame Neyl que je quitterais le jour même sa maison. Elle ne pouvait rien comprendre à cette résolution et parut atterrée. Je ne sus pas me résigner à passer pour ingrate envers la mère de Maurice et je lui avouai toute la vérité.

— Ma chère enfant, me dit-elle sans hésitation, j'ai

été imprudente; vous êtes trop jeune pour désespérer de la vie. Le jour où vous entreverrez la possibilité d'une destinée heureuse, il ne faut pas que l'ombre d'un soupçon vienne se glisser entre le bonheur et vous. Vous resterez près de moi, c'est Maurice qui quittera cette maison.

Je la remerciai avec effusion. Séparer son existence de celle de son fils, c'était renoncer à ses habitudes de vingt-cinq ans, à toutes ses joies.

Elle eut le soir même une longue conversation avec Maurice, qui s'installa deux jours plus tard dans un autre quartier. Il ne vient maintenant chez sa mère qu'à l'heure du dîner.

Les premières journées passées sans voir Maurice m'ont semblé interminables; mais le travail assidu auquel je me livre a bientôt éloigné de moi l'inquiétude et l'ennui. Sache, ma chère Laure, que ton amie est devenue une humble ouvrière. Je ne pouvais pas vivre à la charge de Maurice et de sa mère. J'ai appris à peindre d'élégants éventails dont je t'enverrai bientôt un échantillon. Cette industrie n'exige ni beaucoup d'intelligence, ni beaucoup de talent; je sens cepen-

dant se développer en moi depuis que je l'exerce une
sorte de fierté que je ne me connaissais pas, et je
comprends pourquoi il m'est souvent arrivé à Kerléadeuc, aux heures où un ardent besoin de mouvement
et d'espace agitait mon âme, d'envier le sort des femmes du peuple. Celles-là sont toujours libres de chercher l'indépendance dans le travail, tandis que nous
autres, filles de bonne maison, nous n'avons aucun
moyen d'échapper à la fatalité du sort.

Mes soirées s'écoulent entre Maurice, sa mère et
un ami de Maurice nommé Antoine; ces soirées sont
charmantes. Antoine est jeune, enthousiaste, intelligent comme Maurice; il est riche, et fait de sa fortune le plus généreux usage; il écrit, et le public
accueille ses ouvrages avec une admiration sympathique. Déjà célèbre, il s'obstine à rapporter à son
ami tout l'honneur de ses succès. C'est, dit-il, son incessante communion de sentiments et d'idées avec
Maurice qui entretient la chaleur dans son cœur et
fait jaillir l'étincelle de son cerveau. J'ai vu souvent
ces deux amis se précipiter dans les bras l'un de l'autre en versant des larmes de joie parce qu'ils avaient

9*

cru se rencontrer sur le terrain de la vérité. Sois sûre
que l'homme ne connaît pas ici-bas d'émotion aussi
intense, aussi profonde, aussi délicieuse que celle qui
unit Antoine et Maurice dans ces moments-là. Je n'as-
siste jamais à ces élans d'enthousiasme sans que la
vibration suprême de leurs âmes ravisse la mienne
hors de ce monde. Il y a alors dans l'étroite mansarde
où nous nous trouvons plus de chants, plus de parfums, plus de fleurs que dans la plus splendide campagne. Un air nouveau gonfle ma poitrine, un soleil
inconnu m'éclaire. La brise qui passe sur nos landes
est moins vivifiante que cet air ; la lumière qui dore
la crête des vagues au milieu du jour est moins écla-
tante que cette lueur d'en haut. Je serais trop heureuse si je pouvais oublier les soirées mornes, lentes
et froides qu'on passe à Kerléadeuc ; mon père, ma
mère, mes sœurs, sont ensevelis dans la tristesse pendant que je m'abandonne avec délice aux enivrements
de la vie supérieure ; et cette tristesse, c'est moi qui
l'ai causée.

Tu me dis que personne ne croit à ma mort dans
ma famille. Ce passage de ta lettre m'a d'abord ef-

frayée; mais la réflexion m'a bientôt convaincue que
je n'avais rien à craindre. L'inflexible rigueur de mon
père dans tout ce qui touche à l'honneur, le respect
des conventions qui fait le fond du caractère de ma
mère, la vanité de M. de Kérilio, sont intéressés aujourd'hui à ce que ma disparition reste enveloppée
d'un profond mystère. Si je voulais ressusciter officiellement, on s'y opposerait sans doute. Cette pensée
ne me viendra jamais; tous les titres, toutes les richesses de la terre ne valent pas les plaisirs de ma
vie laborieuse et obscure. Si ma famille ne souffrait
pas par moi, mon bonheur serait complet.

MAURICE A MARCELLE.

Dix-huit mois plus tard.

Je vous ai attendue hier, vous n'êtes pas venue; je
vous attends aujourd'hui, vous n'arrivez pas. Après
m'avoir condamné à quitter la maison où je vivais si
heureux entre vous et ma mère, me priverez-vous encore de la seule joie qui me reste? cesserez-vous vos

visites à mon atelier solitaire? Peut-être me punissez-vous d'avoir violé mon serment; mais à quoi bon prolonger un mensonge de mots? La main d'une sœur ne frémit pas en rencontrant la main d'un frère, et la vôtre tremble toujours dans la mienne. Les regards fraternels n'ouvrent pas le monde des contemplations infinies, et combien d'heures n'ai-je pas passées à écouter votre silence, à lire dans vos yeux l'explication de mystères que j'avais vainement creusés jusque-là! Parce qu'un jour j'ai articulé dans la langue de tous ce que je vous répétais sans cesse depuis deux ans dans une langue mille fois plus brûlante, mille fois plus pénétrante, mille fois plus haute, vous avez fui terrifiée!

Est-ce là votre grandeur habituelle? Non; votre conscience n'est pas de celles qu'on endort avec des subterfuges. Jamais notre affection ne vous est apparue comme coupable. Ce n'est pas le bonheur que vous avez poursuivi. Celui qui vous eût dit : « Soyez heureuse, c'est la fin et le but de l'amour, » celui-là vous eût étonnée et révoltée. Sans vous demander si vous recueilleriez sur la route des bénédictions ou des

injures, si la joie ou la douleur était au bout de la
course, vous avez voulu fortifier votre raison d'une
autre raison, votre cœur d'un autre cœur, pour marcher vers la lumière d'un pas plus rapide et plus sûr.
Vous avez senti que nos deux âmes unies atteindraient
d'un irrésistible élan des hauteurs morales et intellectuelles où ni vous ni moi ne pourrions arriver sépa-
rément.

Quand on entasserait chêne sur chêne, forêt sur forêt, jamais la flamme ne s'élancerait vers le ciel, si le
vent n'apportait à cette masse inerte et sombre l'imperceptible étincelle qui doit lui donner la vie. La
passion vraie, c'est l'étincelle divine qui met en activité les plus nobles facultés de l'âme. Elle consume,
nous dit-on; oui, mais on meurt après avoir tout
illuminé, tout réchauffé autour de soi.

La seule considération qui pourrait nous séparer
n'existe pas; notre bonheur ne ferait souffrir personne. Réfléchis, Marcelle, et réponds-moi. Est-il
digne de nous d'employer à arrêter sur nos lèvres des
paroles que nos cœurs crient, la force que Dieu m'a
peut-être accordée pour créer des œuvres grandes et

utiles, qu'il t'a certainement donnée pour en inspirer?
Une lutte impossible n'est-elle pas une lutte crimi-
nelle?

MARCELLE A MAURICE

Paris.

Est-ce vous, Maurice, qui discutez le devoir, vous
qui me conseillez de fouler aux pieds des serments
librement jurés, parce que je n'ai pas eu le courage
de les accomplir dans toute leur rigueur?

Ne me dites pas que ma conscience se paye de subterfuges, je ne puis empêcher mon cœur de vous
aimer; mais Dieu sait l'effort que je fais pour obliger
ma bouche à rester muette, et soyez sûr qu'il m'en
tient compte.

Comment pouvez-vous dire que votre volonté est
annulée, votre esprit paralysé par la contrainte que
je vous impose? Vous oubliez donc les travaux que
vous venez d'achever, ceux que vous méditez en ce
moment, et les heures d'enthousiasme où vous me

montrez le ciel en me disant : « Autrefois j'allais chercher là-haut, bien loin, dans des calculs et dans des rêves, des raisons de croire en Dieu. Depuis que vous êtes auprès de moi, depuis que je pense avec deux intelligences, que j'aime avec deux cœurs, je ne calcule plus Dieu, je ne rêve plus Dieu, je le sens. »

Ceux qui ont connu de telles émotions ont-ils le droit de se plaindre ?

Nous sommes heureux, Maurice, si heureux que nous aurions tort d'apporter le moindre changement dans notre existence, alors même que nous le pourrions sans crime. Deux pensées se sont-elles jamais pénétrées comme se pénètrent votre pensée et la mienne ? deux âmes se sont-elles jamais entendues comme nos âmes s'entendent ? Je ne veux plus songer ni à vos imprudentes paroles, ni à votre lettre ; vous êtes toujours pour moi un frère bien-aimé, je suis toujours votre sœur. J'irai vous voir, Maurice.

MAURICE A MARCELLE

Reconnais-tu ta folie? Puis-je être ton frère, peux-tu être ma sœur? Quand après deux jours de séparation tu es tombée dans mes bras, pâle, morne, brisée, tu as dû comprendre enfin combien la puissance qui nous entraîne l'un vers l'autre est irrésistible. Pourquoi m'as-tu si vite repoussé? pourquoi t'es-tu éloignée de moi en pleurant? Tu m'as vu muet, consterné devant tes larmes, et tu m'as quitté sans me dire une parole, sans me serrer la main.

Si tu l'exiges, Marcelle, si tu l'ordonnes, j'aurai de la force pour toi et pour moi; j'éteindrai mon regard, je glacerai mon sang, je repousserai ta main quand elle brûlera la mienne. Mais, tu le sens comme moi, à une affection comme la nôtre les paroles sont insuffisantes. Quand ton cœur est gonflé de tristesse, il faut que je puisse le presser contre le mien; quand tu pleures, il faut que mes baisers effacent tes larmes.

Ceux qui n'absolvent la passion qu'autant qu'elle

reste dans les domaines de l'abstraction et du rêve,
ceux-là sont presque toujours des êtres dégradés. Ils
ont tant profané l'amour, que le nom du plus divin
de tous les sentiments ne réveille dans leur esprit que
de révoltantes images; ils ont tant avili la femme,
que la plus pure des femmes leur semble souillée. Si
quelque chose d'humain s'agite encore en eux, ils
aspirent à des amours absurdes, impossibles; ils pro-
diguent leurs adorations à des êtres chimériques.
L'aveuglement est la punition de leurs crimes; ils ne
comprennent plus l'œuvre de Dieu.

Reviens, Marcelle, reviens; toutes tes impressions
m'appartiennent, tu n'as pas le droit de souffrir seule.

MARCELLE A MAURICE.

Paris.

Quand vous recevrez ce billet j'aurai quitté Paris.
Je pars pour la Bretagne. Ne vous inquiétez pas, je
ne cours aucun danger d'être reconnue; j'irai m'établir au couvent de Saint-Gildas, sous prétexte de bains

de mer. Vous connaissez ce pays, le Morbihan est à mille lieues de Finistère.

Je pars, Maurice, parce que loin de vous j'espère lire plus clairement dans ma conscience, échapper aux contradictions qui me tuent. Quand l'univers entier me crierait par toutes ses voix que mon amour est coupable, je sens que mon cœur répondrait : « Non ! » Et pourtant les serments, le devoir, la famille, tout ce qui nous sépare est sacré à mes yeux. Je pars, parce que je me sens sans lumière et sans énergie pour lutter contre moi-même et contre vous. Depuis trois ans vous étiez ma seule loi, mon seul guide ; je ne regardais plus ma route, j'allais vers le point de l'horizon que vous m'indiquiez, sûre de marcher vers la vérité ; et aujourd'hui, quand j'ai perdu la force et l'habitude de me conduire, je trouve votre opinion, votre volonté en opposition avec ce que j'ai toujours appelé la vertu.

Pardonnez-moi de vous quitter, Maurice : tout est ténèbres et confusion dans mon âme. La solitude, la prière, la nature, me rendront, j'espère, un peu de calme.

Ce qui a déchiré le voile qui couvrait mes yeux, ce qui a décidé mon départ, c'est une lettre de Laure que j'ai reçue hier. Elle s'autorise de mon exemple pour abandonner son mari et sa famille, pour fuir avec celui qu'elle aime. Laure me semble coupable, très-coupable ; le suis-je moins?... Dieu a sans doute permis que cette lettre vînt ranimer la pensée du devoir dans mon esprit au moment où elle allait peut-être s'éteindre pour jamais. Je suis responsable des fautes de Laure, je dois tout faire pour la sauver; et pourrais-je lui dire : « Fais taire ton cœur ! » si j'étais sans courage contre le mien? Je vous envoie sa lettre, Maurice, vous me comprendrez mieux après que vous l'aurez lue.

LAURE A MARCELLE.

L'île aux Moines.

Ne t'étonne pas si tu me vois arriver un de ces jours à Paris; j'ai trop longtemps lutté, trop longtemps souffert, et pour qui, bon Dieu? pour un être si nul, qu'il ne devine même pas le dégoût et la haine qu'il inspire.

Combien je me trompais quand je te disais en t'annonçant mon mariage : « Mon futur est sans intelligence, je le dominerai, je le conduirai comme il me plaira. » Quelle prise peut-on avoir sur l'absolue stupidité? Jamais M. de Trémalec n'admettra qu'il y a des organisations morales et intellectuelles supérieures à la sienne. Il ne soupçonne rien au delà de ses sensations grossières, de ses niaises préoccupations : « Le dîner sera-t-il bon? — Vendrai-je mon blé cher cette année? — Mes melons sont-ils plus gros que ceux de mon voisin? » Si on pouvait lire dans son étroite cervelle à toutes les heures du jour et de la nuit, on n'y trouverait rien de plus.

Quant à ma belle-sœur, cette sainte, cette âme sublime, qui consacre à déplorer les erreurs des autres tout le temps qu'elle n'emploie pas à contempler ses propres perfections, voici deux traits qui pourront te servir à la juger.

Sa mère habite un vieux manoir près de Ploërmel;

c'est une femme âgée et infirme, mais pleine de cœur
et d'énergie; elle est le médecin des pauvres de sa
commune et fait de sa maison un hospice. Mademoiselle Sabine l'a depuis longtemps abandonnée pour
habiter près de son frère qu'elle gouverne absolument. Parfois madame de Trémalec, fatiguée de la
solitude, supplie Sabine de revenir près d'elle; des
négociations s'engagent entre la mère et la fille, mais
elles n'aboutissent jamais à un rapprochement. Sabine met comme condition à son retour que sa mère
ne recevra plus chez elle ni pauvres ni malades; sa
sensibilité est trop grande, dit-elle, pour qu'elle puisse
supporter d'aussi tristes spectacles.

L'autre anecdote est plus caractéristique encore.

Un frère de Sabine est marié à une jeune femme
frêle et maladive qui vient d'avoir son troisième enfant. Ce frère est obligé de partir pour l'Allemagne,
et a écrit ces jours derniers à Sabine pour la prier de
venir soigner sa femme pendant son absence. Sabine a
répondu qu'il lui était impossible de quitter l'île aux
Moines, parce que Dieu lui faisait des grâces spé-
ciales indispensables à la santé de son âme et à celle

de son corps, quand elle méditait à une certaine
heure dans l'église de l'île.

Égoïsme monstrueux dissimulé sous des phrases
sentimentales, vanité insatiable, extravagante, voilà
toute ma belle-sœur. Non contente de se croire l'objet
des préférences de Dieu, elle veut encore les hommages des hommes. Cette fille de trente-six ans, qui
est vieille fille depuis l'âge de dix-huit ans par le
droit de sa laideur et de sa gaucherie, cette fille qui
se glorifie d'avoir dédaigné les vulgaires amours de
la terre pour s'unir à Dieu dans un mystique hy-
ménée, cette fille est coquette, elle veut inspirer des
passions, elle se croit adorée de Julien, de Julien qui
n'aime que moi et qui tient dans ma vie une place
mille fois plus grande que je ne te l'ai avoué jusqu'ici.

Tu le sais, j'ai connu Julien pendant le court séjour
que j'ai fait dans le Finistère pour apprendre à ta
mère que tu vivais encore. Il fallait un prétexte à ce
voyage : M. de Trémalec, mon mari depuis deux mois
seulement, dut céder à mon vif désir de visiter les
côtes de la Bretagne. Il connaissait de longue date

M. Bihan de Pencoat; nous passâmes près de quinze jours à Benozan. Julien était alors sombre, inquiet, découragé. Le mariage n'avait eu pour moi que des déceptions; j'étais fatiguée du présent, effrayée de l'avenir, dégoûtée de la vie et de moi-même. Au milieu de la gaieté vulgaire des êtres ineptes qui nous entouraient, notre tristesse nous rapprocha.

Julien m'aima, prétend-il, dès le premier regard qu'il jeta sur moi. Je sentis, en quittant Benozan, que mes conversations avec lui étaient devenues toute ma vie.

M. de Trémalec engagea vivement Julien à venir visiter notre île; mais il fallut voyager encore pendant trente mortels jours. Le lendemain de notre retour dans nos domaines, Julien y arriva. Ce mois de séparation nous avait semblé un siècle.

J'avertis Julien que, pour conserver l'amitié de M. de Trémalec, il était indispensable de plaire à mademoiselle Sabine. Il eut pour elle mille attentions. C'était la première fois qu'un jeune homme s'occupait de cette rigide et anguleuse personne. Sa vanité s'exalta jusqu'à la folie; une joie intense brillait dans

ses yeux quand elle m'entretenait avec componction
des désastreux effets de sa supériorité intellectuelle et
de ses charmes. Rien n'était amusant comme ses
vertueuses tirades contre l'amour, ses airs timides et
prudes, sa réserve affectée envers Julien, qu'elle
poursuivait du salon au jardin et du jardin au salon,
en lui racontant pour la millième fois que dès l'âge
de quinze ans elle avait fait vœu de se consacrer à
Dieu seul.

Julien et moi nous avons ri longtemps de sa ridicule méprise; mais un jour Sabine est devenue ja-
louse. Depuis ce moment, notre intérieur est un
enfer. Julien passe au moins la moitié de sa vie à l'île
aux Moines; quand il est près de nous, Sabine épie
mes gestes, mes regards; elle me surveille si bien que
je ne puis causer un instant seule avec Julien. Quand
Julien est parti, Sabine me persécute encore : elle
dénonce à son frère mes dépenses folles pour ma toilette, ma coquetterie, mes mauvaises lectures. Comme
toutes les créatures de son espèce, elle voudrait inter-
dire aux autres les plaisirs qu'il lui est impossible de
goûter. Mes promenades à cheval, les leçons de nata-

tion que je me fais donner par un vieux pêcheur, la peinture, la musique sont incriminées par elle comme des distractions dangereuses. Je m'attends à me réveiller rasée un de ces matins; Sabine enveloppe sa tête chauve dans un serre-tête de taffetas noir, mon exubérante chevelure doit lui sembler immorale.

Cette existence ne peut pas durer. Je veux faire comme toi, échapper par la fuite à l'odieuse tyrannie de la province. Je partirai avec Julien, j'irai demander une vie toute de poésie, de liberté, d'amour, à cet immense et magique Paris qui a ébloui mes yeux d'enfant. Cette résolution ne me cause ni surprise ni terreur; mais, le croiras-tu, Julien qui m'adore, Julien qui mourrait pour moi, s'épouvante; il prévoit mille obstacles à notre bonheur. Cette pusillanimité m'indigne et m'irrite quelquefois contre lui; pourtant je la comprends. La chaîne que la société nous met au cou est si lourde et si courte, que nous sommes sans cesse occupées à la mesurer; quelque tendue qu'elle soit, elle nous retient toujours à une distance énorme du but de nos désirs; la pensée de la rompre s'infiltre insensiblement dans notre esprit, et finit par passer à l'état d'idée fixe. Les hommes, au contraire, se sont forgé des liens si légers et si flexibles, qu'ils les portent sans gêne et ne songent jamais à les briser, d'où leur étonnement et leur effroi quand ils se trouvent en face d'une situation qui les oblige à s'insurger contre les préjugés.

Au reste, je partirais encore, alors même que je n'aimerais pas Julien. Je n'ai jusqu'ici aucun reproche à me faire envers M. de Trémalec; mais je n'éprouve pour lui que du mépris, je ne veux pas m'avilir plus longtemps par une honteuse hypocrisie.

J'ai appris hier par Julien des nouvelles de ta mère; elle est encore plus triste et plus souffrante que de coutume; ton père paraît inquiet et malheureux. Hippolyte leur fait, je crois, beaucoup de chagrin; il est toujours à Paris.

A bientôt, Marcelle.

MAURICE A MARCELLE.

Paris.

Espériez-vous que j'approuverais votre départ après
la lettre que vous m'envoyez? je ne le suppose pas.
Vous n'avez rien à faire près d'une femme sans tête
et sans cœur, qui, après avoir cherché l'amusement
dans le mariage, le demande aujourd'hui à l'amour.
La première paillette venue, promenée devant les
yeux de votre amie par n'importe quelle main, l'empêchera d'écouter votre voix. « Laure a besoin de
moi, dites-vous. » Laure! Et ceux que vous abandonnez?... Adieu, Marcelle, je ne puis continuer, car je
ne vous écris pas un mot de ce que je pense. Sais-je
moi-même ce qui se passe en moi? Je trace ces lignes
pour m'occuper de vous, je vous les envoie pour
que le papier touché en ce moment par ma main
soit froissé par la vôtre. Quand reviendrez-vous?...
Reviendrez-vous?...

Il faut que je vous dise quelques paroles encore.
Vous vous étonnez de voir mes opinions, ma volonté

en contradiction avec des devoirs que vous regardez
comme sacrés, avec ce que vous avez toujours appelé
la vertu. N'avez-vous donc jamais songé que tous les
sentiments devaient être faussés, tout ordre interverti
par les doctrines monstrueuses dont vous êtes la victime ? Le sacrifice prémédité de plusieurs créatures à
l'égoïsme d'une seule, ce sacrifice fût-il sanctionné
par les lois, innocenté par la coutume, est un crime
aux yeux de Dieu, un crime qui jette fatalement le
trouble dans toutes les relations humaines. Une égale
répartition des jouissances est impossible ici-bas ;
mais les chances de souffrance peuvent et doivent être
rendues les mêmes pour tous les hommes. La vio-
lation de ce grand principe amène encore plus sûre-
ment la ruine des oppresseurs que celle des oppri-
més. Dans le monde antique, certains hommes
avaient le droit d'être heureux de la dégradation, des
douleurs et des crimes d'êtres semblables à eux, et
l'histoire est là pour nous apprendre que les hommes
investis de ce pouvoir inique sont bientôt devenus
plus misérables, plus pervers et plus vils que leurs
victimes. Croyez-vous que ces effroyables désordres et

les théories insensées qui les autorisaient aient complétement disparu de nos sociétés modernes? Regardez votre propre famille. Votre père est honnête,
loyal, généreux même, et il a décidé que ni vous ni
vos sœurs n'aviez le droit de vivre. Le jour où votre
avilissement est devenu plus utile à ses desseins que
votre annulation absolue, il a abusé de son autorité
pour vous précipiter dans le désespoir et dans la
honte. Et pourquoi, grand Dieu? pour assurer l'abais-
sement moral et le malheur de votre frère. Hippolyte
aurait pu passer utile, inoffensif du moins, et heureux sur la terre; il a déjà brisé des existences; il
fait chaque jour un pas de plus dans une voie qui
conduit à l'infamie ou au suicide. Votre père cependant dort calme, il croit avoir fait son devoir!... Et tu
veux que j'accepte le sens que les hommes donnent à
ce mot! tu me défends d'oublier près de toi que
l'heure de la vérité n'a pas encore sonné! Si l'iniquité
et la folie ne régnaient pas sur la terre, notre devoir
ne serait-il pas de nous aimer? Les âmes comme la
mienne ne se trompent pas, un amour qui rend meilleur est toujours béni par Dieu.

10*

MARCELLE A MAURICE.

Saint-Gildas-de-Rhuis, 15 juillet.

Vous avez raison, Maurice, Laure n'aime pas Julien ; mais je n'en suis que plus heureuse d'être venue ici ; ma présence a prévenu un grand malheur, et j'épargnerai, je l'espère, à Laure tous les chagrins qui pourraient résulter de son imprudence, car il n'y a encore que de l'imprudence dans sa conduite.

Je suis arrivée à Saint-Gildas à trois heures de l'après-midi. C'était le dimanche, toutes les religieuses étaient aux vêpres. Une sœur converse m'a fait entrer dans une vaste pièce meublée seulement de quelques chaises ; j'y suis restée seule pendant près de deux heures. La pluie tombait à torrents ; les croisées sans rideaux laissaient voir de maigres tiges de blé couchées par le vent, une mer couleur d'encre, un ciel si livide, si opaque, si lourd, qu'il semblait invraisemblable qu'un rayon de soleil pût jamais l'illuminer. Vos plus sombres descriptions de cette partie de la Bretagne ne m'avaient pas préparée aux impressions qui m'accablèrent. Trop triste pour réagir contre cette nature rude et désolée, je tombai dans un absolu découragement. Je pleurais, quand la supérieure du couvent entra dans le parloir. C'est une femme d'un esprit vulgaire, mais son ton et ses allures ont une certaine franchise trop rare sous son costume. Elle me sembla très-préoccupée de la prospérité matérielle de son établissement, s'excusa beaucoup de l'ennui que je devrais supporter pendant quelques jours, et me promit pour le mois prochain une nombreuse et brillante société.

J'employai ma soirée à écrire à Laure pour lui demander quand et comment nous pourrions nous voir.

J'errais le lendemain, vers six heures, dans le petit village qui entoure l'ancienne abbaye, quand, au détour d'une masure en ruines, je me trouvai face à face avec Julien. Il s'efforçait de déterminer un paysan à lui louer un cheval; ses traits étaient décomposés; il y avait de l'abattement et de la fièvre dans sa voix, dans ses regards, dans ses gestes. Au peu d'étonne-

ment qu'il manifesta en me reconnaissant, je jugeai
que Laure lui avait tout appris. Il semblait d'ailleurs
trop préoccupé pour réfléchir à la singularité de
notre rencontre.

Quand son marché fut conclu, il se retourna de
mon côté; ce fut moi qui l'interrogeai.

— Nous sommes perdus, me répondit-il avec
agitation; M. de Trémalec est en ce moment chez sa
mère, Sabine a quitté l'île samedi soir pour aller passer la journée du dimanche au château d'une de ses
amies. Laure a absolument voulu profiter de sa liberté pour faire une course avec moi, et nous sommes
partis hier à cinq heures du matin pour l'île d'Hédic.
Le temps était encore magnifique à dix heures quand
nous descendîmes dans l'île. A midi la tempête avait
déjà commencé. Nous n'avons pu reprendre la mer
qu'à quatre heures du matin. Laure ne veut plus retourner à l'île aux Moines; elle ne saurait, dit-elle,
comment expliquer son absence; elle exige que je
parte immédiatement avec elle pour Paris.

Je reconnus dans le ton et dans les paroles de Julien cet effroi dont parlait la lettre de Laure. S'il

l'aime, comme je le crois, ce n'est pas de cet amour qui transforme les caractères. L'indécision, la faiblesse, la timidité dominent toujours la passion chez lui. Je songeai avec effroi aux souffrances qui menaçaient Laure si elle se jetait dans une vie où chaque pas est une lutte avec un homme si peu fait pour la soutenir et la protéger.

Tout en me parlant, Julien m'entraînait vers la mer. Nous fûmes bientôt près de son canot. Laure était au fond de l'embarcation, à moitié couchée sous des filets.

Dès qu'elle m'aperçut, elle bondit sur le sable et m'embrassa avec exaltation.

— Félicite-moi, me dit-elle, la destinée vient enfin à mon aide, ma chaîne est rompue, je vais être heureuse comme toi, libre comme toi. Pourquoi es-tu venue ici ? ajouta-t-elle brusquement.

— Pour te sauver, si c'est possible, répondis-je.

— Le rôle que tu prétends jouer est au moins singulier, me dit Laure avec ironie en s'éloignant de moi. Tu veux me condamner à porter éternellement un joug dont tu as très-bien su t'affranchir toi-même. Quand je devrais partir seule, je partirai aujourd'hui même pour Paris, ajouta-t-elle avec irritation.

Julien suivait la physionomie et les mouvements de Laure avec une visible inquiétude. Quant à Laure, elle ne songeait même pas à Julien; il était évident qu'elle n'avait vu en lui qu'un moyen d'échapper à son ennui.

Je pris le bras de Laure et je l'entraînai loin du canot.

— Écoute, lui dis-je dès que nous fûmes seules, tu te fais d'étranges illusions sur Paris; il n'y a de plaisirs, d'éclat, de bruit dans cette ville que pour les femmes qui respectent au moins les apparences du devoir, ou pour celles qui arborent effrontément l'enseigne du vice; tu n'y trouverais que déceptions, solitude et abandon.

Appuyée contre un rocher, les sourcils froncés, la tête inclinée sur la poitrine, les yeux fixés sur le sable à ses pieds, Laure m'écouta longtemps sans me répondre un mot.

Julien se rapprocha enfin de nous. Le front de Laure se releva subitement.

— Eh bien, s'écria-t-elle avec l'accent de la colère, puisque la société et le cœur des hommes sont ainsi faits, qu'on me ramène à l'île aux Moines. Ta présence, appuyée de la première histoire venue, suffira pour me justifier, ajouta-t-elle en me prenant le bras.

Et elle m'entraîna vers le couvent sans jeter un seul regard sur Julien.

Ce pauvre garçon nous suivit les larmes aux yeux et demanda à Laure quand il pourrait la revoir.

— Je vous défends de me parler de votre amour et de venir jamais à l'île aux Moines, lui répondit-elle durement.

Julien accabla Laure de supplications désespérées et s'obstina longtemps à nous accompagner. Je lui fis enfin comprendre qu'il ne pouvait s'approcher du couvent sans compromettre Laure, et je lui donnai rendez-vous le lendemain sur la plage que nous venions de quitter.

Le soir même j'étais à l'île aux Moines. Laure m'a présentée à sa belle-sœur comme une Parisienne, une amie de pension venue à Saint-Gildas pour rétablir sa santé.

Il n'y a rien d'exagéré dans le portrait que Laure a tracé de mademoiselle Sabine. Les croyances les plus sacrées sont exploitées par elle au profit de ses étroites passions ; la religion n'est pour elle qu'un instrument d'égoïsme. Si quelque chose peut l'excuser, c'est l'incroyable naïveté de son hypocrisie ; son âme glacée a perdu la notion du vrai. Elle se croit de la meilleure foi du monde un type de sainteté parce qu'elle reste pure des fautes qu'elle n'a ni le désir ni la possibilité de commettre, tandis qu'elle trouve, dans son incessante préoccupation des ruses de l'esprit mauvais et de la corruption humaine, des motifs pour suspecter ceux qui l'entourent.

On s'aperçoit bien vite que l'influence de mademoiselle Sabine s'étend sur tout dans la maison de son frère. Si vous passiez une seule soirée dans cette demeure mesquine, glaciale, méthodiquement rangée, vous en sortiriez le cœur plein d'indulgence pour cette pauvre Laure.

Avant de quitter l'île aux Moines, j'ai eu une longue conversation avec mademoiselle Sabine. Elle m'a affirmé que personne ne la comprenait aussi bien que

moi, et m'a annoncé une prochaine visite à Saint-
Gildas. Je m'efforcerai de la déterminer à quitter
la Bretagne : c'est, je crois, le meilleur moyen de
réconcilier Laure avec son mari. Je l'ai déjà à moitié
convaincue que Paris conviendrait bien mieux que la
province à un caractère comme le sien.

Vous voyez bien, Maurice, que j'avais quelque chose
à faire en Bretagne.

MARCELLE A MAURICE.

Saint-Gildas, 20 juillet.

Vous me demandez comment je puis subir aussi
longtemps la règle inflexible et monotone d'un couvent. Je vois, Maurice, que vous n'avez aucune idée
de la vie qu'on mène à Saint-Gildas. Rien ne rappelle
ici pour les pensionnaires la sévérité monastique. Les
femmes seules habitent l'intérieur de la communauté ;
mais les maris et les parents peuvent s'établir dans
les chaumières voisines, et les grilles s'ouvrent toujours pour eux pendant le jour.

Mademoiselle Sabine est arrivée-avant-hier à Saint-Gildas; Julien lui a fait une visite, et, depuis lors, ce n'est plus sur les rochers que je cause avec lui, c'est dans le jardin du couvent.

Ces conversations le consolent et le fortifient, dit-il. Quant à moi, elles me laissent dans l'âme de la tristesse et du découragement.

Lorsque je vous écoute parler, tout grandit en moi et autour de moi. Dieu, l'homme, la nature, ne m'apparaissent plus comme des forces ennemies se livrant une incompréhensible lutte; les éléments de la création se rapprochent, se complètent, s'expliquent l'un par l'autre. Je ne vis plus seulement dans la minute présente de ma vie étroite, mais dans tous les hommes qui ont passé sur la terre avant moi et dans tous ceux qui doivent me suivre; et cette sublime identification avec les créatures rend sensible à mon âme celui en qui les existences individuelles s'unissent. Julien, lui, est tellement préoccupé de ce qui sépare, qu'il n'aperçoit rien de ce qui relie. Forcé de constater la grandeur de certaines aspirations humaines, il n'y veut voir que l'illusion burlesque d'un vermisseau qui croirait bouleverser la surface du globe en dérangeant quelques parcelles du sol sur lequel il rampe.

D'un accès de mysticisme catholique il passe aux plus amères railleries contre la religion. S'il exalte l'amour, c'est pour le ravaler bientôt au niveau de l'instinct. Il accuse Laure de son malheur, se désespère de son inflexibilité, et m'affirme un instant après qu'aucune affection ne pourra combler le vide qu'ont fait en lui le doute et l'ennui.

Il faudrait, Maurice, votre inébranlable foi, votre raison profonde, votre toute-puissante éloquence pour guérir Julien. Sa dégradante ironie, son scepticisme universel me troublent trop pour que je puisse les combattre victorieusement. Quant à Sabine, c'est la plus déplorable nature que j'aie rencontrée. Bien que chacun s'incline ici devant ses prétentions, qu'on la déclare savante, spirituelle, sainte, tout la froisse, tout l'irrite; elle ne voit qu'injustice chez les hommes, que bassesse chez les femmes, et n'a jamais l'idée que le monde entier lui paraît absurde et pervers parce qu'elle-même s'est trompée en choisissant l'égoïsme et la vanité pour mobiles de sa vie.

Mes meilleures heures sont celles que je passe avec les plus infimes de toutes les habitantes de Saint-Gildas. Les jours de pluie, les soirées sont souvent fraîches : je descends dans la cuisine ; on jette pour moi des sarments dans l'âtre et je cause longuement avec les sœurs converses qui préparent le souper. Ce sont toutes des filles d'ouvriers pauvres ou des paysannes ; la plupart savent à peine lire : grâce à leur titre de religieuse, elles n'en sont pas moins traitées avec mille égards et le plus profond respect. Aussi ai-je quelquefois envie de sourire quand je les entends répéter « qu'elles ont sacrifié à Dieu les biens et les honneurs de la terre, mais qu'il les en dédommagera un jour en leur donnant les premières places dans le ciel.» Comme si l'orgueil, péché mortel en ce monde, pouvait devenir la base des récompenses accordées aux humbles dans l'autre vie. Je ne discute jamais avec ces pauvres filles : dissiper leur illusion serait peut-être leur enlever un bonheur, et il y a en elles tant de naïveté, tant de dévouement, tant de douceur, que leurs hérésies ne peuvent pas avoir des conséquences bien dangereuses. Je trouve d'ailleurs un contraste

touchant entre les phrases mystiques qu'elles prononc-
cent sans cesse et leurs occupations grossières. Sans
l'enseignement religieux, la poésie serait-elle jamais
descendue dans ces âmes à peine dégagées de la matière?

Je vous ai parlé de tous, et je n'ose pas vous parler
de moi, Maurice. Loin d'avoir trouvé le calme, je suis
plus que jamais en contradiction avec moi-même et
avec les jugements des hommes. Dans le milieu que
vous m'aviez fait à Paris, j'avais à peu près oublié
comment les actes qui s'écartent de la règle commune
sont interprétés par les gens vulgaires. Chaque phrase
qu'on prononce ici couvrirait mon front de rougeur,
si je ne sentais pas en même temps avec une énergie
inconnue combien je vous dois moralement. Je n'aurais jamais su ce qu'est la noblesse du cœur, l'élévation de l'esprit, si je ne vous avais pas rencontré. Et
cependant nul n'hésiterait à me condamner si l'on savait que je vous aime!

MAURICE A MARCELLE.

Paris, août.

La Providence ne m'a que trop donné raison. Comment vous dire, Marcelle, ce que je viens d'apprendre?

Depuis longtemps Antoine, que sa fortune met en relation avec des gens menant ce qu'on appelle une vie joyeuse, me parlait avec inquiétude de votre frère. Lia, cette juive qui vous accuse de lui avoir enlevé le nom et les revenus de M. de Kérilio, prétendait se venger de vous sur Hippolyte. Elle avait joué l'amour pour lui inspirer une passion violente, et abusait de la naïveté bretonne, de l'ignorance de votre frère, pour l'entraîner dans des dépenses extravagantes, dans des entreprises ruineuses auxquelles il ne comprenait rien. « Je ne m'arrêterai, disait-elle à ses familiers, que quand l'héritier des Kerléadeuc sera devenu moins qu'une ombre et ses domaines un souvenir. Qui sait? peut-être rachèterai-je un jour sa seigneurie aux usuriers qui en sont depuis longtemps les propriétaires légitimes ; j'aurai quelque plaisir à donner des ordres là où a régné la belle Marcelle. » Lia s'est tenu parole. Il y a deux jours, Antoine a rencontré Hippolyte dans l'une des plus misérables rues de la Cité : ses traits étaient profondément altérés, ses vêtements en désordre ; il feignit de ne pas reconnaître Antoine, qui lui prit le bras, et lui demanda, avec la cordialité affectueuse que vous connaissez, s'il pouvait lui être bon à quelque chose. « Absolument à rien, répondit votre frère d'une voix sans timbre ; je suis triste et malade, je ne veux qu'être seul. » Il repoussa le bras d'Antoine et disparut dans une allée sombre et tortueuse. Antoine n'osa pas le suivre. Le lendemain, poussé par une indéfinissable inquiétude, il retourna dans ce triste quartier. Après quelques recherches, il finit par découvrir la maison où logeait Hippolyte, et apprit qu'un jeune homme, un Breton, demeurant là depuis huit jours, et dont personne ne savait bien le nom, s'était suicidé la nuit précédente.

Votre frère a laissé deux lettres, l'une adressée à Lia, l'autre à votre père. Cette seconde lettre a dû être portée chez un ami d'Hippolyte, à qui il recommandait de ne la mettre à la poste que cinq jours après sa mort, « quand tout serait fini, » écrivait-il.

Je suis resté longtemps au cimetière près de la tombe de votre frère; j'y ai relu la lettre dans laquelle vous me dépeignez si bien le caractère de Julien.

Après une heure de méditation, Hippolyte, Julien et moi nous n'étions plus, pour mon imagination, trois jeunes hommes du même âge et de destinées diverses; nous étions le passé, le présent, l'avenir. Julien n'est-il pas le représentant et la victime de l'état moral de notre époque, comme votre frère fut la dernière victime peut-être de théories vieillies, comme je serai probablement la victime des croyances et des rêves qui enchantent et troublent mes veilles? car combien de têtes doivent blanchir, combien de dépouilles humaines tomber à terre, avant que la grande prédiction de Jésus s'accomplisse, avant que les préjugés, les vices, les haines, qui séparent aujourd'hui les hommes, soient consommés dans l'unité! Les castes, les priviléges, les barrières légales, ont disparu de notre monde avec Hippolyte; mais l'incertitude, les aspira-

tions vagues, flétries par l'ironie, Julien enfin vivra
longtemps encore. Jusqu'au jour où les rayons de la
lumière nouvelle (vieille comme Dieu, cependant)
éblouiront les yeux des hommes, on traitera de vi-
sionnaires ceux qui, sentant leur âme réchauffée par
l'universel et grand amour, disent avec une ferme
confiance au milieu des ténèbres : « Le soleil luira! »
Absorbé par ces pensées, je perdis bientôt complète-
ment le sentiment de la réalité. Il me sembla que
j'étais étendu près de votre frère, immobile comme
lui, glacé comme lui. « Qu'a laissé mon passage sur
la terre? me disais-je. Marcelle est plus grande, plus
forte, plus pure, parce que nos âmes se sont un instant unies, me répondis-je. — Qu'est-ce donc que
la mort? Suis-je mort, si tout ce qu'il y avait de bon
en moi vit aujourd'hui en elle?... » me demandai-je
plusieurs fois dans mon rêve éveillé.

Pardonne-moi, Marcelle, de te parler ainsi, d'a-
jouter une ombre de tristesse aux tristesses trop
réelles qui t'accablent. Si tu étais près de moi, je ne
croirais qu'à la vie, qu'au bonheur!

MARCELLE A MAURICE

2 septembre, Saint-Gildas-de-Bhuis.

Pourquoi la seconde partie de votre lettre? N'était-ce pas assez de la première?... Pauvre Hippolyte! son cœur était noble et bon! Il a mieux aimé mourir que de vivre avec un nom terni, que de lire le désespoir sur le front de son père.

Que va-t-il se passer à Kerléadeuc? Mon père avait placé toutes ses espérances, toutes ses ambitions, tous ses rêves, sur la tête d'Hippolyte; trouvera-t-il de la force pour supporter un tel malheur? Mes sœurs, ma mère, si rigidement catholiques, auront l'âme éternellement déchirée par la pensée que leur frère, leur fils, s'est lui-même ôté la vie. Je ne puis rester éloignée de ma famille dans un pareil moment. Je pars dans deux heures pour Kerléadeuc.

A bientôt, Maurice, j'ai besoin de vous revoir; les dernières phrases de votre lettre m'accablent. Hier encore, je ne voyais entre vous et moi qu'un voyage de deux jours. Aujourd'hui, c'est l'éternité que je sens entre nous.

Kerléadeuc.

Je suis au lit, désespérée, brisée par la fièvre. Je veux cependant essayer de vous raconter avec calme ce qui s'est passé depuis mon départ de Saint-Gildas.

J'ai quitté le couvent avant-hier soir, dans une voiture de louage, conduite par un paysan qui prétendait connaître admirablement le Finistère. Hier, un peu avant le coucher du soleil, je me trouvais à trois lieues de Quimperlé. Craignant de rencontrer des personnes de connaissance si je continuais à suivre la grande route, j'ordonnai à mon guide de s'enfoncer dans les terres et de gagner la ville par les sentiers de traverse.

Le crépuscule se fit, la nuit vint, la lune se leva, et nous errions toujours dans un dédale de chemins creux. L'inquiétude me prit.

— Savez-vous où vous êtes? dis-je à mon conducteur.

— Pour dire la vérité, non, me répondit-il. En continuant à marcher, nous courons risque de nous éloigner de Quimperlé ou de tomber dans quelque fondrière; nous ferions mieux de nous arrêter et de rester tranquilles ici jusqu'au petit jour.

Je ne partageai pas cette manière de voir; connaissant l'apathie et la lenteur des paysans bretons, je sautai à terre, décidée à chercher moi-même dans les environs un guide plus expert et plus hardi. Mes habitudes de campagnarde me furent utiles en cette circonstance. Je marchai quelque temps au hasard, et bientôt j'entrai dans une avenue de tilleuls au milieu de laquelle je rencontrai une femme qui, à la lueur incertaine de la lune, me sembla jeune, belle, élégante.

— Pourriez-vous, madame, m'apprendre où je suis? dis-je en l'abordant.

Au lieu de me répondre, la jeune femme jeta un cri et s'enfuit en cachant sa tête entre ses mains. Ne comprenant rien à sa terreur, je la rejoignis et je répétai ma question en l'examinant attentivement. Je reconnus alors Marie-Anne : ses dents claquaient, ses

regards fuyaient les miens. Je saisis sa main, elle
était tremblante et glacée.

— Pardon, balbutiait-elle d'une voix éteinte par la
terreur, pardon, madame, je vous croyais morte.

— Es-tu folle? lui dis-je, je n'ai rien à te pardonner, et ne vois-tu pas que je suis aussi vivante
que toi? Dis-moi vite où nous sommes et ce que tu
fais ici.

— Nous sommes à Kérilio. Je suis bien malheureuse! répondit Marie-Anne, d'une voix étouffée. Et
elle éclata en sanglots.

Mes yeux s'arrêtèrent alors sur la riche toilette de
Marie-Anne : je crus tout deviner. Involontairement,
je m'éloignai d'elle; mais je me reprochai ce mouvement et je repris sa main.

— Pauvre fille! lui dis-je, comment es-tu descendue jusque-là?

La douleur de Marie-Anne était vraie et profonde.
Elle me raconta sa vie depuis son départ de Porto-
Manè, avec la sincérité absolue du désespoir.

Vous savez qu'elle s'était réfugiée à Quimperlé,
chez une de ses tantes. L'histoire de ses amours avec

mon frère et celle de son mariage rompu circulèrent
bientôt dans cette petite ville, exagérées, salies par la
méchanceté. Sa tante la chassa en l'accablant d'injures. Elle voulut se placer comme domestique; tous
la repoussèrent. Ce fut alors qu'elle rencontra le marquis de Kérilio, qui, vous me l'avez dit, avait été
frappé de sa beauté chez M. Bihan de Pencoat. Il lui
offrit d'entrer à son service : Marie-Anne accepta avec
joie. Dès les premiers jours de son arrivée au château,
M. de Kérilio tenta de la séduire. Elle résista longtemps. Elle eût peut-être résisté toujours, si le mépris public n'avait pas devancé sa chute. Abandonnée
de tous, dégoûtée d'elle-même, elle finit par suc-
comber. Sa misérable situation lui était maintenant
devenue si odieuse, qu'elle songeait souvent à y
échapper par le suicide.

— Pourquoi n'as-tu pas quitté ce pays? lui dis-je
dès qu'elle eut cessé de parler.

— Où aller? répondit-elle avec accablement. Dans
une grande ville, sans amis, sans recommandation,
ma vie pouvait devenir plus affreuse qu'ici.

Je songeai à l'inépuisable bonté de votre mère.

— Viens à Paris, lui dis-je ; là on te protégera, on te trouvera du travail.

La tête de Marie-Anne se releva subitement.

— Parlez-vous sérieusement ? dit-elle en me regardant avec anxiété. Emmenez-moi, emmenez-moi tout de suite, je vous en conjure, ajouta-t-elle avec un geste de supplication. *Il* dîne avec ses amis ; ils seront tous ivres ce soir ; on ne me poursuivra pas.

— Ne pourrais-tu pas partir demain ? partir seule ?

— Ne m'abandonnez pas ici ! cria Marie-Anne avec désespoir. Conduisez-moi au moins jusqu'à Pont-Aven ; là je serai en sûreté.

Passer par Pont-Aven, c'était retarder de plusieurs heures mon arrivé à Kerléadeuc ; je craignis de céder à mes sentiments égoïstes en résistant au désir de cette pauvre fille, et je consentis à faire ce qu'elle me demandait.

Marie-Anne me remercia avec des transports de joie qui me prouvèrent combien il y avait encore de ressources dans cette âme brisée, mais non pervertie.

Elle me pria de l'attendre quelques instants : elle

voulait aller au château, pour quitter ses riches habits et revêtir son costume de paysanne. Je ne pouvais rester sans danger dans l'avenue; Marie-Anne m'indiqua un chemin creux qui aboutissait à la rivière : personne ne passait sur la grève à cette heure-là.

Quelques instants plus tard, je me trouvais au bord de l'eau. L'obscurité était presque complète, de grands nuages voilaient la lune et les étoiles. Les clapotements de la rivière dans les joncs à mes pieds, la plainte monotone du vent dans les sapins, ne m'empêchaient pas de distinguer le mugissement sourd et prolongé de la barre du Pouldu. Ce mugissement avait si souvent servi de basse aux mélodies qui remplissaient l'espace quand vous quittiez, le soir, Kerléadeuc, que je crus reconnaître la voix d'un ami. Dans ces ténèbres, dans ce silence, l'émotion que m'avait causée ma rencontre avec Marie-Anne se calma peu à peu. Devant cette malheureuse jeune fille, mon cœur seul avait parlé; je me demandai maintenant si je ne m'étais pas trop hâtée de disposer de votre mère?

Un souvenir me rassura.

Je me rappelai cette belle soirée du printemps
dernier, que nous passâmes tout entière assis sur la
terrasse de votre atelier. Ce soir-là, votre mère nous
a dit :

« Nul ne peut deviner combien d'actes méprisables
peuvent être déterminés par un seul sourire de mépris. Peu d'hommes sont assez forts pour se relever
d'une chute, pour persévérer même dans le bien
quand ils ne se sentent pas soutenus par l'estime et
par l'affection de leurs frères. Devant le scélérat le
plus endurci, devant la créature la plus souillée, c'est
un devoir pour nous d'étouffer dans nos cœurs le dégoût et l'horreur. Le plus magnifique des priviléges
de l'homme juste, c'est celui de faire du bien à un
autre homme, rien qu'en lui tendant la main. Le
Christ allait disant à tous : « Vous êtes mes frères ! »
Et le monde a été régénéré. »

— Où as-tu appris à parler ainsi? vous êtes-vous
écrié; et vous avez embrassé votre mère en pleurant
d'enthousiasme.

Votre mère n'avait eu qu'à lire dans son cœur pour
prononcer ces paroles. Après me les être répétées à

moi-même, je fus tranquille sur le sort de Marie-Anne.

Elle arriva très-troublée au bout d'une demi-heure. Le valet de chambre du marquis montait, me dit-elle, l'escalier au moment où elle quittait sa chambre, et avait semblé stupéfait de son changement de costume. Il allait sans doute avertir M. de Kérilio.

Je m'efforçai de la calmer ; mais je devais bientôt apprendre combien ses inquiétudes étaient fondées. Nous ne pouvions rejoindre la voiture sans traverser l'avenue ; à peine y étions-nous engagées que des hommes, cachés derrière les arbres, nous entourèrent en poussant des cris et des éclats de rire. C'é- taient le marquis et ses convives.

Tous étaient ivres ou à peu près ; leur gaieté passa toutes les limites quand ils s'aperçurent qu'ils te- naient deux femmes au lieu d'une. Il était impossible de leur échapper ; je dus me laisser conduire au châ- teau ; on nous fit entrer dans la salle à manger, où tout indiquait le désordre d'une orgie brusquement interrompue. Ce fut alors seulement qu'on me recon- nut. Les exclamations les plus bruyantes, les plus grossières, se croisèrent autour de moi.

Je ne saurais vous dire quelles étaient mes impressions en ce moment : j'étais stupide de dégoût et de désespoir. M. de Kérilio, plus ivre encore que ses amis, m'avait regardée d'abord avec une stupéfaction profonde, sans m'adresser un seul mot ; mais, excité par les clameurs de ceux qui l'entouraient, il s'avança vers moi et s'efforça de me faire asseoir à la place d'honneur, pour présider le festin que tous voulaient continuer.

— Monsieur, lui dis-je alors, mon frère est mort ; je vais apprendre cette nouvelle à mon père. Il faut que je parte à l'instant même pour Kerléadeuc.

Les moins ivres se calmèrent en écoutant ces paroles.

— Accompagne donc ta femme, Kérilio ! crièrent les autres ; si elle part seule, elle t'échappera encore : tu as été assez ridicule comme ça.

L'ivresse avait éteint tout bon sens dans la tête du marquis ; mais sa vanité survivait à sa raison. Ces attaques le piquèrent : il ordonna d'atteler, criant à haute voix à ses gens qu'il partait pour Pont-Aven avec la marquise de Kérilio.

Toute résistance était inutile : je m'abandonnai à
la destinée.

Nul ne s'occupait plus de Marie-Anne.

— Prends cette bourse, lui dis-je tout bas, sors
vite d'ici et pars pour Paris. Tu recevras bientôt une
lettre qui t'apprendra ce que tu dois faire.

Marie-Anne quitta l'appartement sans que personne
s'en aperçût.

On annonça que la voiture était prête, et j'y montai avec M. de Kérilio. J'étais bien loin alors de comprendre ma situation comme je la comprends aujour-
d'hui. Les événements qui transforment l'existence ne
frappent pas d'abord, il faut beaucoup de temps pour
que l'imagination s'accoutume à voir la vie sous une
face toute nouvelle. Je ne songeais qu'à vous, Maurice, qu'à mon retour à Paris ; qu'aux détails des
journées que je passerais entre vous et votre mère.
L'affreuse réalité ne se manifestait à moi que par un
malaise confus, une douleur physique au cœur, un
trouble vague dans les idées.

M. de Kérilio, lui, ne sentait, ne pensait et ne disait
rien : il dormait.

Nous arrivâmes avant le jour à Kerléadeuc. Le bruit de la voiture fit descendre Augustine, qui poussa un cri de surprise en m'apercevant, dans la cour, près de M. de Kérilio.

Je lui racontai brièvement les événements de la veille, et j'exigeai qu'elle me conduisît près de mon père. M. de Kérilio, toujours accablé par une invincible somnolence, monta dans la chambre qui avait été celle d'Hippolyte.

Thérèse était seule près de mon père quand j'entr'ouvris la porte de sa chambre. Elle s'élança au devant de moi pour m'empêcher d'avancer vers le lit. Je me laissai tomber dans un fauteuil caché par les rideaux, et j'interrogeai du regard le visage décomposé de ma sœur. Elle me comprit et m'apporta une lettre ouverte. C'était l'écriture d'Hippolyte.

J'appris alors que les dettes de mon malheureux frère s'élevaient à près de deux cent mille francs. Je demeurai anéantie. Mon père fit, à ce moment, un mouvement dans son lit. Thérèse courut à lui.

— Thérèse, dit mon père d'une voix ferme, écrivez à notre notaire que Kerléadeuc est en vente.

Un cri d'admiration et de désespoir s'échappa de ma poitrine; Kerléadeuc, c'était pour mon père plus que son sang, plus que sa vie!

— Mon père, mon pauvre père! m'écriai-je en me précipitant dans ses bras.

Mon père me regarda d'abord d'un œil égaré, mais il se remit bientôt.

— Puisque vous êtes enfin revenue vers nous, apprenez de votre père qu'on ne peut pas être complétement malheureux quand on a toujours fait son devoir, me dit-il avec calme.

Puis il retomba dans un accablement profond.

Je montai près de ma mère; je la trouvai dans un état déplorable. Son désespoir s'exhalait en violentes récriminations. Quoique mes forces fussent épuisées, que je ressentisse de sourdes douleurs de tête, que des frissons glacés agitassent mes membres; je restai près d'elle jusqu'au matin.

Neuf heures sonnaient quand je descendis dans la chambre de mon père. Il était assis, la tête inclinée sur sa poitrine, dans une inaction tout à fait étrangère à ses habitudes. M. de Kérilio se tenait ap-

puyé contre un meuble, à quelques pas de lui. Un
quart d'heure se passa sans qu'un mot fût prononcé. Mon père était trop écrasé par sa douleur pour
songer à moi.

La porte fut brusquement ouverte par M. Bihan de
Pencoat. Il recula de plusieurs pas en m'apercevant;
mais la préoccupation qui l'amenait à Kerléadeuc do-
mina bientôt son étonnement.

— Quelle stupide histoire m'a-t-on racontée au
bourg! cria-t-il en s'adressant à mon père. On pré-
tend que vous allez vendre Kerléadeuc pour payer
les dettes d'Hippolyte?

— C'est la vérité, dit mon père avec effort.

— Vous, vendre Kerléadeuc? c'est impossible! répondit M. Bihan. M. de Kérilio et madame la marquise, que je suis heureux de revoir enfin parmi
nous, ne permettront jamais une semblable chose,
continua le maire de Névé en se tournant vers le
marquis.

La lumière sembla se faire subitement dans les idées
de M. de Kérilio.

— Ah ! vous voulez, une fois de plus, vous mo-

quer de moi ! s'écria-t-il en s'adressant à mon père.
Après avoir aidé votre fille à se faire passer pour
morte, vous la ressuscitez parce que vous avez encore besoin de mon argent.

Mon père regardait fixement le marquis, sans paraître comprendre ses insultes.

— Entendez-vous, monsieur le comte? continua
M. de Kérilio exaspéré, en secouant le bras de mon
père. Un homme comme moi ne se prend pas deux
fois au même piége... Cherchez une autre dupe pour
payer vos dettes.

Mon père se dressa, rouge, frémissant, devant le
marquis. Je crus qu'il allait le frapper, et je tombai à
demi évanouie dans un fauteuil.

Mon père se précipita vers moi.

— Sortez, monsieur ! dit-il d'une voix tonnante à
M. de Kérilio ; sortez, vous tuez ma fille.

— Votre fille est ma femme ; j'ai plus de droits que
vous sur elle. Il me convient de rester ici ; j'y resterai, répondit insolemment le marquis.

Je perdis en ce moment tout à fait connaissance.
Quand je revins à moi, j'étais au lit ; mes deux sœurs

et un médecin m'entouraient. Pourquoi me soignaient-ils? Que m'importe aujourd'hui de mourir?

Au milieu des douloureuses impressions qui m'accablent, il n'y a qu'un seul sentiment net, déchirant, amer : c'est le regret de vous avoir quitté. Si je ne dois plus vous revoir, Maurice, je veux au moins vous dire qu'en m'éloignant de Paris, ce n'était pas vous que je fuyais, c'était moi. Les paroles que je vous défendais de prononcer, je les répétais tout haut, en imitant les inflexions de votre voix, dès que je me trouvais seule. Adieu, Maurice, je t'aime.

MAURICE A MARCELLE.

Paris, le 4 septembre.

Je n'attends pas la lettre que vous m'annoncez, je pars pour la Bretagne; je ne puis vous laisser seule au milieu de ces gens qui se croient des droits sur vous. Des droits ! je n'en ai aucun, moi ; mais je veux être à portée de vous ressaisir, de vous enlever à eux, s'ils essayaient de vous retenir. D'affreux pressenti-

12

ments m'accablent. Chez ma mère, dans mon atelier, au milieu des bois que nous parcourions ensemble, une voix ! que je m'efforce en vain d'étouffer, me crie : « Tu ne la verras plus ici ! »

Dans trois jours je serai caché dans mon grenier de Porto-Manè.

Si le premier regard que je jetterai sur Kerléadeuc pouvait vous montrer à moi, Marcelle, passant légèrement entre les bruyères sur la corniche de la falaise, pour venir me serrer la main...

Porto-Manè.

Il y a aujourd'hui quatre jours que je suis à Porto-Manè, et vous n'arrivez pas, Marcelle... je ne sais rien de vous... rien, depuis Saint-Gildas !... Vous devez, cependant, avoir reçu les lignes que je vous ai écrites avant de quitter Paris. Où êtes-vous ? Que faites-vous ?... Je n'ose questionner personne. La nuit, je m'approche de Kerléadeuc ; mais les murailles du vieux manoir sont muettes. Je ne sais où vous adresser les mots que je trace ici, Marcelle... Marcelle, je savais bien que cette séparation serait éternelle.

Le lendemain.

Je suis resté jusqu'au jour caché dans les taillis qui entourent Kerléadeuc. Vers cinq heures du matin, j'ai aperçu votre sœur Augustine qui se dirigeait vers Névé; par un mouvement plus fort que ma volonté, je me suis élancé vers elle. Augustine m'a toujours témoigné une vive affection; elle a pleuré en me revoyant, la pauvre fille!... Je sais maintenant que vous êtes à Kerléadeuc; mais les troubles, les hésitations de votre sœur, en me parlant de vous, me font supposer tous les malheurs. Si vous étiez bien portante et libre, n'auriez-vous pas trouvé moyen de me voir? ne m'auriez-vous pas au moins écrit? Augustine m'a refusé toute explication; elle m'a seulement promis de prendre ce billet sous la mousse, au pied de l'arbre où je l'écris.

De grâce, Marcelle, permettez-moi de vous voir, ne fût-ce qu'une minute, ne fût-ce qu'une seconde. Si vous me le refusez, je ne croirai pas seulement, comme en ce moment, que vous êtes malade, mourante... je croirai que vous êtes à jamais perdue pour moi, que tout est fini... que vous vous êtes remise volontairement sous la domination de *cet homme !*...

MARCELLE A MAURICE.

Kerléadenc.

Calmez-vous, Maurice, vous me reverrez. A onze heures, ce soir, je serai sur la lisière du petit bois avec Augustine... Vous n'avez donc pas reçu la longue lettre que je vous ai adressée à Paris?... Ce soir je vous dirai tout.

MARCELLE A MAURICE.

Huit jours plus tard.

Les billets que je vous écris chaque jour, les prétextes que j'invente pour vous refuser une nouvelle entrevue, sont autant de mensonges, Maurice. Je meurs : voilà la vérité.

Le médecin ne comprend rien aux graves compli-

cations de ma maladie : il ignore que je me suis levée,
il y a huit jours, brûlante de fièvre, me soutenant à
peine, et que j'ai passé trois longues heures assise
sur l'herbe humide, respirant l'air froid de la nuit,
moralement torturée par votre désespoir, par vos larmes, accablée, désespérée moi-même, et faisant de
vains efforts pour entretenir en vous des illusions que
je n'avais pas.

Nous ne pouvons plus nous réunir : ce que j'ai
fait dans une nuit d'exaltation et de délire, serait impossible aujourd'hui. Le désespoir de ma famille, les
lois, les conventions, nous séparent sur la terre. Nous
serons mille fois plus près l'un de l'autre, quand il
n'y aura que la mort entre nous. Puisque je ne peux
pas être à toi, Maurice, je suis heureuse de quitter
cette vie, bien heureuse ! Les souvenirs douloureux
s'effacent déjà de ma mémoire ; je ne songe plus
qu'aux premiers rêves de bonheur dont tu avais rempli ma vie ; ces rêves étaient trop beaux pour être
réalisables. Dans mes longues veilles, je revois la
vieille forêt où je t'ai rencontré, l'escarpement sauvage au haut duquel tu m'es apparu il y a trois ans :

c'est là que mon cœur a battu pour la première fois...
pour la dernière fois contre le tien. L'imperceptible
instant qui nous a réunis dans ce désert a décidé de
toute ma vie. A cette heure encore, j'en remercie
Dieu. Pendant trois années, enchantée par ta voix
éloquente, j'ai volontairement oublié ce qui est, pour
rêver ce qui devrait être. J'ai respiré l'air libre de la
montagne, sans écouter les voix qui me rappelaient
dans la plaine. Elles me menaçaient, ces voix, des fon-
drières, des bourrasques et de l'avalanche. Je savais
qu'elles disaient vrai, que les routes ne sont pas encore tracées sur les hauteurs, et cependant je te sui-
vais toujours. Ai-je le droit de me plaindre parce que
l'orage prédit est enfin venu?...

Il y a d'ailleurs, je le sens, un sentiment de justice
dans l'âme humaine : si j'étais morte sans t'avoir
connu, sans avoir aimé, j'aurais blasphémé Dieu peut-
être; mais qu'importe l'âge où l'on meurt, quand la
vie a été illuminée par le bonheur?...

Adieu, Maurice, adieu! Je continuerai cette lettre
si je puis!...

MAURICE A SA MÈRE.

Porto-Manè.

Marcelle est morte... morte!... je ne le crois pas encore, et pourtant j'ai veillé près d'elle la dernière veille!... Elle me dissimulait ses souffrances, elle m'écrivait chaque jour des lignes pleines d'espoir... Hier, oui, hier au soir, j'étais calme; mais, vers le milieu de la nuit, une lumière terrible s'est faite dans mon esprit : une certitude complète, absolue de la vérité m'a glacé le cœur. J'ai couru vers le château, j'y suis entré sans hésitation, j'ai ouvert la porte de la chambre de Marcelle, et je l'ai revue... Ses deux sœurs étaient agenouillées près du lit; elles ne m'ont rien dit: elles sentaient que j'avais le droit d'être là.

Marcelle était devant mes yeux, belle, calme, endormie; je ne souffrais pas en ce moment : je la croyais vivante, je lui parlais... Augustine et Thérèse sanglotaient en m'écoutant. Enfin la porte s'ouvrit; le comte de Kerléadeuc entra. Je compris tout. Marcelle était morte; l'homme qui s'avançait vers moi était son bourreau. Je me posai en face du comte, irrité, menaçant. Le vieillard me tendit les bras et me serra en pleurant contre son cœur. En ce moment j'aimais le comte comme je vous aime, ma mère; la mort lui avait fait enfin comprendre la vie : c'était bien le père de Marcelle.

— Qu'il ne vienne pas ici! dit-il tout bas à Augustine.

Je devinai à qui cette défense s'adressait. Le comte s'assit au chevet du lit, et resta de longues heures la tête cachée entre ses mains, écrasé par la douleur, par les remords peut-être. Hippolyte, Marcelle, sa famille ruinée, son blason prêt à tomber des murs de Kerléadeuc, durent lui crier bien haut ses fautes, pendant cette horrible nuit. Vers le matin, il se leva, me serra la main et sortit. Quelques instants plus tard, je ne sais quelles femmes entrèrent dans l'appartement. On m'obligea à quitter Marcelle, en me promettant que je la reverrais. Je ne l'ai pas revue!... Maintenant il ne reste plus rien d'elle en ce monde... rien; et pourtant je ne puis me décider à quitter ce pays...

Paris, c'est trop loin...Venez ici, ma mère, j'ai besoin
de parler d'elle... Vous l'aimiez, vous !... venez...

MAURICE A ANTOINE.

Cinq ans plus tard. — Porto-Manè.

Me voici encore, Antoine, dans cette triste Bretagne que je n'avais pas revue depuis cinq ans. Cinq
ans ! une seconde pour la nature ! J'ai reconnu les
cailloux du rivage, les plantes de la falaise, les moindres accidents du sol. Un siècle pour les hommes ! Je
n'ai retrouvé aucun de ceux qui s'agitaient, qui pleu-
raient, qui luttaient sur ce coin de terre il y a quelques années à peine; et pourtant j'ai serré la main
tremblante du comte de Kerléadeuc, j'ai causé avec
Laure, j'ai embrassé Julien.

Le comte habite une misérable ferme près de Quimperlé. Il a vu abattre le vieux manoir de Kerléadeuc,
raser les bois qu'il avait plantés ; ses derniers jours
s'écoulent cependant dans une imperturbable béati-

tude ; depuis la mort de sa fille il a perdu la mémoire du passé, la prévoyance de l'avenir : ce n'est guère plus qu'une chose, la faculté de souffrir est morte en lui.

Laure est aujourd'hui en possession de toute la fortune de son père. C'est la femme la plus élégante, la mieux logée, la plus flattée de V... Elle est heureuse, et se moque très-spirituellement de ses anciens rêves d'indépendance, de poésie et d'amour.

Le maire de Névé et sa femme sont morts. Julien aussi est riche, maître absolu de ses actions. Il continue cependant à végéter dans la sphère étroite qu'il maudissait tant autrefois. Ses aspirations sont éteintes, son ardente inquiétude s'est transformée en un ennui égoïste et morne. Échapper à la douleur par l'inertie du cœur et de l'intelligence lui paraît le dernier mot de la sagesse humaine.

Tu me l'as dit souvent, et je le crois, Antoine, presque tous naissent grands, généreux, poëtes ; mais la grandeur, la générosité, la poésie, pèsent lourdement sur les épaules humaines. La plupart se débarrassent de cet incommode fardeau dès qu'ils ont fait quelques

pas dans la vie, et désormais esclaves de la convention, de la routine, tourbillonnent silencieusement
dans le vide. Il faut de l'héroïsme à l'homme pour
porter jusqu'au bout de sa course la croix de sa noblesse native. Laure et Julien n'étaient pas des êtres
vulgaires, et pourtant ils ont bientôt faibli.

Une seule personne est toujours vivante ici, c'est
Marcelle; tous parlent de sa beauté, de l'indéfinis-
sable-influence qu'elle exerçait sur les âmes, de sa
grâce et de sa douceur. Pauvre lis venu au milieu des
épines! elle n'aurait pas su, elle, se courber vers la
terre, ramper, maculer sa blanche corolle; il lui fallait l'air pur, la lumière, la vue du ciel; aussi la première tempête l'a brisée. Moi, qui sais mieux chaque
jour ce qu'il faut de force pour vivre en ce monde de
la vie des vivants, je n'ose plus maudire le souffle qui
l'a emportée. Depuis dix ans déjà nous travaillons et
nous souffrons, Antoine; quel résultat avons-nous
obtenu? Tous nos efforts n'ont même pas abouti à ra-
lentir la marche du courant contre lequel nous lut-
tions. Les grandes eaux ne nous ont pas emportés :
voilà tout... et ce sera pendant bien des siècles encore

la destinée de ceux qui ne voudront pas se résigner aux ténèbres de l'abîme. Devons-nous, pour cela, blasphémer Dieu et nous croiser les bras ? Non ! d'invisibles grains de sable, s'ajoutant l'un à l'autre, peuvent combler les plus vastes mers. D'innombrables myriades d'hommes de bonne volonté sont peut-être nécessaires pour former la digue puissante qui obligera enfin le torrent humain à prendre un nouveau cours.

FIN DE MARCELLE

LÉONIE

———

I

Il eût suffi de jeter un regard dans la mansarde qui servait de cabinet de travail à Louis Monthal pour acquérir la certitude que Louis était amoureux et aimé. Une table encombrée de manuscrits, des étagères surchargées de livres, un piano et un fauteuil composaient le mobilier de cette demeure modeste; mais sous les feuilles de papier à moitié noircies, on voyait poindre la broderie et la dentelle d'un élégant mouchoir de femme. Au milieu de la table, près d'un médaillon ouvert, une rose blanche avait été soigneusement posée

13

dans un vase rempli d'eau. Le tabouret du piano n'occupait pas sa place habituelle, et le studieux jeune
homme pouvait admirer sans quitter son fauteuil la
tapisserie qui le recouvrait. Enfin des fleurs magnifiques garnissaient la terrasse de la mansarde.

On pensera peut-être que ce dernier détail est tout
à fait étranger à l'état du cœur de Louis Monthal.
Est-il sûr cependant que, s'il n'avait pas saisi quelque secret rapport entre la beauté de la femme qu'il
aimait et l'éclat, la fraîcheur, le parfum de ses rosiers
et de ses jasmins, il eût pris la peine de les arroser
chaque matin? La présence seule de ces plantes sur la
terrasse disait beaucoup. Les femmes, si inférieures
aux hommes quand il s'agit de comprendre la poésie,
ont le don de l'incarner autour d'elles, comme si elles
étaient elles-mêmes la poésie vivante, et ce don, elles
semblent le communiquer en partie à ceux qui les aiment. Dès qu'un homme s'efforce de poétiser la vie
réelle, on doit presque toujours en conclure que l'a-
mour tient une large place dans son existence.

Louis Monthal avait environ vingt-cinq ans. Était-
il beau. C'est probable, car peu de femmes le voyaient

pour la première fois sans se demander s'il aimait.
Or l'idée de poser cette question ne vient guère aux
femmes devant l'homme qui ne leur paraît pas fait
pour inspirer l'amour. Bien qu'il n'eût jamais aligné
de vers sur les pages d'un album et que son nom fût
parfaitement inconnu, les plus intelligents de ses amis
reconnaissaient en lui un poëte et le croyaient destiné
à une glorieuse célébrité. Aux heures de l'inspiration,
quand la nature entière lui apparaissait transfigurée
dans le monde radieux de l'art, Louis Monthal était
bien près de partager cette espérance; mais s'il cherchait à fixer la vision magique, elle semblait s'éva-
nouir sous les mots chargés de la révéler, et le découragement s'emparait de lui. Pour réaliser son rêve,
l'artiste doit se résigner à l'amoindrir. Louis Monthal
recula longtemps devant ce sacrifice, et se contenta de
jeter au hasard sur le papier les pensées qui bouillon-
naient dans son cerveau. Depuis quelques mois seulement, il s'efforçait de leur donner une forme saisis-
sante qui pût les faire accepter du public. Il ne
travaillait plus pour lui seul, et puisait dans son cœur
un courage qu'il n'avait pas su trouver jusque-là.

Louis Monthal était du reste très-diversement jugé.
Tous convenaient qu'il avait une âme généreuse, des
sentiments élevés, un caractère noble et désintéressé.
Cependant ceux qui l'entendaient causer disaient de
lui : — C'est un homme d'un esprit froid et scepti-
que ; il dénigre tout, plaisante sur tout ; l'enthousiasme qu'il affecte quelquefois n'est qu'une comédie,
qu'une occasion de faire des phrases. — Ceux qui le
voyaient agir soutenaient au contraire qu'il était bon
et confiant à l'excès, naïf, souvent crédule comme un
enfant. Ces derniers n'étaient pas loin d'attribuer l'a-
mertume et le désenchantement qui perçaient dans
ses discours au désir d'étonner, de produire de l'effet
sur ses auditeurs.

Les uns et les autres disaient vrai et se trompaient
également sur le compte de Louis Monthal. Les con-
trastes qu'ils ne savaient concilier qu'en doutant de sa
sincérité se rencontrent chez presque tous les artistes. Les gens vulgaires subissent les passions sans
les comprendre, les métaphysiciens en expliquent le
mécanisme sans les éprouver ; mais l'artiste est acces-
sible à toutes les impressions, les ressent plus forte-

ment que les autres hommes, tout en conservant la
faculté de les analyser. L'intelligence et la manière de
sentir sont donc chez lui fatalement en désaccord ;
c'est ce qui cause son éternelle souffrance. Il poursuit
sans relâche un idéal qu'il ne doit jamais rencontrer,
et nul ne peut deviner ce qu'il y a d'illusion persévé-
rante sous l'ironie de ses paroles.

Au moment où commence ce récit, l'amour plaçait
Louis Monthal dans des conditions tellement exeption-
nelles, que les réflexions qui précèdent ne lui étaient
pas entièrement applicables. On l'eût fort étonné en
lui rappelant les jugements qu'il portait six mois auparavant sur les hommes et sur la vie.

Dès sept heures du matin, il se trouvait dans la mansarde que nous avons décrite. De la terrasse, on domi-
nait le jardin du Luxembourg. Louis put donc admirer la verdure pâle et transparente qui frissonnait sur
les arbres et respirer l'air embaumé par les jacinthes
et les lilas du mois d'avril. Il jouissait en homme heureux des premières heures de la journée et du printemps ; ce renouvellement de la vie, qui l'enivrait, est
insupportable à ceux qui n'espèrent plus.

Avant de se mettre au travail, il contempla longtemps le médaillon placé sur sa table, et relut une
lettre dont les caractères élégants et fins révélaient
une main de femme ; puis sa plume courut sur le
papier. De temps en temps il s'arrêtait et lisait à
haute voix ce qu'il venait d'écrire, comme si une personne toujours présente dans sa pensée avait pu
l'entendre. — Comment Léonie trouvera-t-elle ceci ? se
disait-il. — Léonie pour Louis représentait le public,
Léonie était le souverain juge.

Il travailla avec ardeur jusqu'au moment où le re-
tentissement lointain d'une horloge lui donna l'idée de
regarder sa montre. Il se leva précipitamment : il était
en retard. Ici il faut bien avouer qu'en attendant la
gloire et la fortune, Louis vivait d'un médiocre emploi
au ministère des finances. Ce ministère est, comme chacun sait, l'un des ornements de la rue de Rivoli. Le
jeune employé ne prenait donc pas la route la plus directe en passant par la rue de Penthièvre pour s'y rendre
chaque matin ; mais la rue de Penthièvre était pour
lui le point central d'où la vie rayonnait sur Paris : les
autres rues ne lui semblaient faites que pour y conduire.

Tout était fermé dans l'appartement habité par Léonie. — Elle se lève bien tard aujourd'hui, pensa Louis Monthal, et il s'éloigna attristé. Après la conversation de la veille, il se croyait sûr d'entrevoir au passage, derrière la mousseline diaphane des rideaux, le gracieux profil de la femme qu'il aimait.

Il était depuis quelques heures au ministère quand un garçon de bureau lui apporta une lettre. Il reconnut l'écriture de la tante de Léonie. « Mon cher monsieur Monthal, écrivait-elle, mon frère est arrivé à Paris, et nous enlève, ma nièce et moi. Nous resterons probablement quelque temps chez lui. Je vous donnerai bientôt de mes nouvelles. »

Louis relut vingt fois ces lignes sans les comprendre. Léonie partie! Léonie, qui lui avait dit : « A demain! » en le quittant; Léonie partie sans lui écrire!... Il courut sur-le-champ rue de Penthièvre. Il espérait apprendre quelque chose par les domestiques.

— Il n'y a plus personne au second, cria une grosse voix au moment où il passait devant la loge du concierge.

Louis resta longtemps immobile devant la porte de

la maison. Il ne pouvait se résoudre à quitter cette rue. D'ailleurs où irait-il? que deviendrait-il maintenant dans Paris?

— Quelle singulière figure tu fais là! s'écria un jeune homme qui passait sur le trottoir au moment où Louis disait presque à haute voix: — Comment ne suis-je pas déjà sur la route de Mont-de-Marsan?

Louis se retourna et reconnut un ami avec lequel il avait partagé pendant deux ans sa mansarde, et qu'il n'avait pas revu depuis plusieurs mois. Les choses vont souvent ainsi à Paris.

— Ah! c'est toi, Paul? dit-il sans songer à lui tendre la main.

— Sans doute c'est moi; mais es-tu bien sûr d'être toi? Qu'as-tu? dans quel monde vis-tu? — Puis sans attendre la réponse de Louis, le jeune homme, dont le visage rayonnait de bonheur, lui prit le bras et l'entraîna. — Je suis enchanté de te rencontrer; continua-t-il; j'ai de grandes nouvelles à t'annoncer. J'épouse mademoiselle d'Hernac.

— Ne m'as-tu pas dit que son père s'opposait absolument à ce mariage; qu'il la destinait à un millionnaire de ses amis? dit Louis en faisant un visible effort pour rassembler des souvenirs troublés par ses propres préoccupations.

Je t'ai dit cela il y a trois mois; c'est toute une histoire, s'écria Paul avec l'expansion de la joie. Claire avait pour confidente une amie de pension; cette amie a eu l'esprit de se faire aimer du comte de Nérandal, le millionnaire en question. Je ne sais comment elle s'y est prise; mais le comte est venu lui-même conseiller à M. d'Hernac de me choisir pour gendre. Tu devines la colère du vieux général; je supprime les détails. Après deux jours d'orage, tout s'est arrangé, et dans un mois Claire sera ma femme, grâce au dévouement de son admirable confidente, qui sera bientôt comtesse de Nérandal.

— Ton admirable confidente doit être une triste créature! dit Louis.

— Si tu connaissais Léonie, tu serais probablement plus indulgent : elle est si belle! dit Paul avec l'enthousiasme de l'amant reconnaissant.

— Léonie! dit Louis en jetant sur Paul un regard stupide.

— Mais oui, Léonie de Vercel. Est-ce que tu la connais?

— Léonie de Vercel épouse le comte de Nérandal! s'écria Louis d'une voix terrible en saisissant le bras de Paul, qui put à peine retenir un cri. Tu mens, ce n'est pas elle, continua-t-il en tirant un médaillon de sa poche et en l'ouvrant devant les yeux de Paul.

— C'est elle, dit Paul à demi-voix.

Louis jeta le médaillon sur le trottoir et le broya sous ses pieds.

— Si je t'avais rencontré deux heures plus tôt, je t'aurais aussi annoncé mon mariage, dit-il enfin avec un calme effrayant, en fixant sur Paul un regard hébété; ma future s'appelait Léonie de Vercel.

Paul le crut fou.

II

Léonie de Vercel! Ceux qui l'ont vue entrer dans un bal ne l'ont pas encore oubliée. — C'est Ophélie, murmurait-on autour d'elle. — Non, reprenait une voix, c'est Francesca de Rimini. — Soit art, soit don naturel, Léonie ressemblait si peu aux vulgaires beautés qui remplissent les salons, qu'on lui cherchait involontairement des sœurs parmi les créations des poëtes. Des cils très-longs et très-noirs voilaient ses yeux bleus, et donnaient à son regard un charme étrange. La vie et la jeunesse couraient sous sa peau satinée, sa taille était riche et développée, ses épaules magnifiques, et pourtant l'ensemble de sa personne donnait l'idée d'une excessive délicatesse d'organisation. La robe blanche qu'elle portait habituellement semblait l'envelopper d'un nuage. Sa coiffure était-elle très-savante ou très-négligée ? On se posait cette question sans la résoudre : Léonie était si belle, qu'il semblait impossible d'imaginer que sa chevelure pût être disposée autrement. Jamais elle n'y mêlait aucun ornement. Les hommes admiraient cette simplicité, les femmes se récriaient contre un tel excès d'orgueil. Avait-elle un cœur, une âme, une intelligence ? Qui eût osé en douter ? Ses yeux se remplissaient de larmes quand elle chantait les mélodies de Schubert,

elle tombait en extase devant les tableaux des grands
maîtres, sa pensée planait sans cesse dans un monde
idéal. En l'entendant causer, les musiciens, les peintres, les poëtes, s'accusaient de froideur pour leur art.
Une créature exceptionnelle, un type de grâce, d'ex-
quise sensibilité, voilà ce qu'était Léonie pour tous
ceux qui la connaissaient. Voici ce qu'elle avait fait.

M. de Vercel occupait une haute position dans la
magistrature. Il aimait le monde, et recevait assez
souvent. Veuf depuis plusieurs années, à l'époque où
Léonie sortait de pension, il prit plaisir à voir cette
fille charmante jouer le rôle de maîtresse de maison.
Léonie acquit ainsi une aisance de manières qu'une
jeune personne possède rarement. Pendant trois ans,
elle fut la reine du cercle où elle vivait; mais au moment où elle atteignait sa vingtième année, la mort
de son père vint changer tristement son existence.
Ceux qui la virent plus poétique, plus touchante que
jamais sous ses vêtements de deuil, firent honneur à
son cœur de toutes les larmes qu'elle versa en cette
circonstance. Un oncle notaire en province, M. Liénard, et une sœur de sa mère, une vieille fille, étaient

les seuls parents qui lui restassent. Ils accoururent près d'elle. Léonie, qui jusqu'alors n'avait vu la vie qu'à travers les illusions et la flatterie, fut mise brutalement en face de la réalité par le vieux notaire.

— Tu es sans doute une fort belle fille, lui dit son oncle ; mais quarante mille francs ne sont pas une dot suffisante pour que tu puisses te marier convenablement à Paris. D'ailleurs il est impossible que tu restes seule ici ; viens vivre avec nous à Mont-de-Marsan ; là tu passeras pour une héritière. Ton titre de Parisienne suffira pour amorcer les prétendants.

Léonie fut terrifiée. Elle condamnée à s'enterrer dans une petite ville de province ! Cependant, ne trouvant rien à répondre, elle s'efforça de gagner du temps. — Il lui serait trop pénible, dit-elle, de quitter brusquement ses anciens amis, des amis à qui elle pouvait parler de son père. — M. Liénard consentit à la laisser quelques semaines encore à Paris, sous la garde de sa tante, et s'empressa de retourner à Mont-de-Marsan.

Ce fut pendant le séjour de M. Liénard à Paris que Louis Monthal vint pour la première fois chez mademoiselle de Vercel. Des liens de parenté éloignés unissaient la famille de sa mère à celle de la femme du vieux notaire. Peut-être le désir de voir de près une jeune fille qu'il avait souvent admirée de loin dans les salons contribua-t-il à les lui rappeler. Dès sa première visite, Louis Monthal sentit qu'il aimait. Beaucoup de gens, on ne sait trop pourquoi, se montrent fort choqués de ces invasions soudaines de la passion : il leur suffirait pourtant d'ouvrir les yeux ou d'interroger leur mémoire pour reconnaître que l'amour, comme le génie, comme l'inspiration, comme tout ce que les hommes ont appelé divin, échappe aux lois du temps.

Deux femmes isolées ont toujours besoin qu'on leur rende quelques services. Louis se mit complétement à la disposition de Léonie et de sa tante. Mademoiselle Liénard appartenait à la catégorie des vieilles filles de naissance ; à part quelques innocentes manies, c'était du reste une excellente personne, si droite, si froide, si sèche, qu'elle semblait pétrifier ses robes et ses chapeaux. Elle n'en fut pas moins sensible au plaisir de se promener dans Paris au bras d'un jeune homme élégant et distingué, et Louis Monthal devint l'objet du plus vif enthousiasme qu'elle eût jamais ressenti.

Le deuil condamnait Léonie à la retraite; Louis vint bientôt passer toutes ses soirées près d'elle; ils lisaient ensemble les poëtes français et allemands. Léonie avait une certaine manière d'écouter et de lancer à propos une remarque admirative, qui devait faire croire qu'elle pouvait atteindre aux plus hautes cimes de la pensée.

Trois mois s'écoulèrent ainsi. Louis n'avait pas prononcé le mot d'amour; mais Léonie savait qu'il ne vivait que pour elle. Un soir, Louis la trouva toute en pleurs. Sans attendre ses questions, elle lui tendit une lettre de M. Liénard. Le notaire ordonnait à sa nièce de partir sans délai pour Mont-de-Marsan. Louis, désespéré, osa enfin parler de mariage à Léonie. Avec une grande hésitation apparente et une vive joie intérieure, elle lui permit de solliciter le consentement de son oncle. Ce consentement ne se fit pas attendre. Mademoiselle de Vercel refusa cependant de fixer l'époque de son mariage. — La perte de son père était encore trop récente, murmurait-elle les larmes aux yeux toutes les fois que Louis ou sa tante touchait cette question.

Léonie calculait admirablement. Dès qu'elle ne s'était plus sentie menacée de Mont-de-Marsan, elle s'était aperçue que trois mille francs d'appointements et le mince patrimoine de Louis, joints à sa fortune personnelle, ne produiraient guère plus de cinq mille francs par an. A quelle existence la condamnerait ce mince revenu? Si Louis avait au moins un grand nom, un titre!... Hélas! il s'appelait Monthal, et rien de plus. Il était simple employé.

Léonie n'était ni méchante ni corrompue; c'était un des plus charmants produits de la civilisation parisienne. Elle ressemblait à ces fleurs dont une culture trop savante altère la forme et la couleur primitives; dans un milieu factice, les sentiments innés au cœur de la femme s'étaient pervertis chez elle. La jeunesse, l'intelligence, l'amour de Louis, ne pouvaient pas lutter dans son esprit contre ces mots terribles : « Femme d'un petit employé! »

Plusieurs semaines se passèrent avant quelle osât annoncer son mariage. Elle entra cependant un matin

chez la plus intime de ses amies, Claire d'Hernac,
avec l'intention de lui en parler ; mais Claire se jeta
dans ses bras en sanglotant dès qu'elle l'aperçut, et
lui raconta une scène violente qui avait eu lieu une
demi-heure auparavant entre elle et son père. Le
baron d'Hernac, vieux général accoutumé à conduire
sa famille comme naguère il conduisait ses troupes,
voulait forcer sa fille à épouser un de ses amis, le
comte de Nérandal. Claire résistait obstinément, car
elle aimait un cousin sans fortune qui avait en outre
commis un crime irrémissible aux yeux du général,
celui de donner sa démission six mois après sa sortie
de Saint-Cyr pour étudier la peinture.

— Reste avec nous ; cet odieux comte doit venir.
Tu es mille fois plus belle que moi. S'il pouvait me
trouver laide et t'aimer ! dit Claire à son amie, après
lui avoir ouvert son cœur.

Léonie accepta, et, sans trop savoir pourquoi, ne
dit pas un mot de Louis Monthal.

Le comte de Nérandal était un homme de cin-
quante-cinq ans environ, très-riche, très-blasé, très-
ennuyé. Sa femme, dont il s'inquiétait fort peu, était

morte dix-huit mois auparavant. Croyant s'apercevoir qu'il s'ennuyait encore davantage depuis qu'il était veuf, il songeait à se remarier. Le baron lui avait offert sa fille, et le mariage avait été arrêté sans qu'on daignât consulter Claire.

Mademoiselle d'Hernac avait une de ces physionomies expressives et intelligentes dont la séduction est irrésistible pour ceux qui les comprennent; mais un homme comme le comte ne pouvait même pas lui faire l'honneur de la comparer à Léonie. Il fut ébloui par cette triomphante beauté, et laissa voir assez ouvertement son admiration.

— Adieu, comtesse de Nérandal, dit Claire à son amie en lui serrant la main au moment du départ.

Cette plaisanterie troubla le sommeil de Léonie. Sans s'avouer peut-être à elle-même ses secrets desseins, elle prit l'habitude d'aller souvent chez mademoiselle d'Hernac, et s'efforça de plaire au comte. Claire l'aida de tout son pouvoir. Louis Monthal n'avait aucun soupçon de ce qui se passait, et adorait chaque jour davantage sa chère Léonie. Mademoiselle de Vercel ne pouvait conserver le coûteux apparte-

ment qu'elle habitait avec son père; il loua rue de
l'Ouest un rez-de-chaussée donnant sur un jardin, et
s'imposa mille privations pour le décorer avec élégance. Quand tout fut terminé, il supplia Léonie de
venir visiter sa future demeure. Elle refusa d'abord,
et ne céda qu'après de longues instances.

Rien n'était plus gai que l'aspect du petit appartement choisi par Louis le jour où Léonie s'y laissa conduire. La perse et la mousseline blanche faisaient tous
les frais de la décoration. Les plafonds n'étaient pas
dorés, les meubles étaient simples, mais tout était
disposé avec un goût exquis; des gravures bien choi-
sies ornaient la chambre de Léonie, de charmantes
statuettes décoraient le salon. Les fenêtres ouvertes,
par lesquelles entraient des flots de lumière, laissaient
voir le jardin. Devant la maison s'étendait une pelouse
d'une herbe fine et veloutée; des fleurs printanières
émaillaient les plates-bandes, et de joyeux oiseaux
essayaient leurs premiers chants en sautillant d'arbuste en arbuste.

Léonie n'aperçut rien de tout cela. La veille, sous
prétexte d'aller voir un Rembrandt nouvellement

acheté par le comte de Nérandal, elle avait visité son
hôtel en compagnie du général d'Hernac et de sa fille.
Les escaliers de marbre blanc, les somptueux tapis,
les tentures de soie, les bronzes, les tableaux, tour-
billonnaient encore devant ses yeux émerveillés.

— Ce serait très-gentil pour une grisette, se dit-elle
en regardant des objets dont chacun représentait un
sacrifice de Louis...

Louis Monthal prit la froideur de sa fiancée pour
un pudique embarras de jeune fille.

Cependant le moment vint où Léonie dit à sa tante.

— Le comte de Nérandal m'aime et veut m'épouser.

— Et Louis? fit la vieille fille confondue.

— Mon Dieu! ce ne sera après tout qu'un mariage
rompu.

Comme tous les coupables, Léonie trouvait son indigne action moins indigne dès qu'elle pouvait l'ex-
primer par une phrase banale.

Elle partait quelques jours plus tard pour Mont-de-
Marsan, après avoir fait écrire par sa tante le billet
qu'on a lu. Jusqu'au dernier moment, elle s'était
montrée charmante pour Louis. Au fond, elle regret-

tait sincèrement qu'il ne fût ni millionnaire ni comte.
— Pauvre Louis ! se disait-elle en s'abandonnant aux
cahots de la voiture qui l'entraînait vers le département des Landes. Comme il m'aimait !... Quelles
belles soirées nous passions ensemble ! Il donnait de
l'intérêt à tout, et me faisait comprendre et sentir des
choses dont je ne me serais jamais doutée. Je ne pouvais cependant pas être sa femme. Il aurait fallu aller
à pied ; les voitures du comte sont délicieuses. Au-
gusta mourra de dépit en voyant mes armes. Qui
m'aurait dit que je pourrais porter pour trois cent
mille francs de diamants ? Décidément les diamants
m'iront bien. J'aurai une loge aux Italiens... — Et
Léonie s'endormit sur cette pensée.

A la même heure, Louis se frappait la tête contre
les murs de sa mansarde, et appelait Léonie au milieu
de ses cris de désespoir.

III

Quatre ans plus tard, une jeune famille était réunie dans un atelier de la rue Pigalle. Une petite fille de trois ans était assise sur les genoux de sa mère; le père se tenait devant sa toile un pinceau à la main. Le portrait n'avançait guère. La petite fille, dont la tête blonde, déjà expressive, faisait songer aux enfants Jésus de Murillo, avait les allures mutines et coquettes des êtres qui se sentent admirés et adorés. Quelquefois elle posait avec une gravité comique, puis tout à coup elle remplissait l'appartement d'un rire frais et sonore, et se cachait dans le sein de sa mère. Deux bouches s'ouvraient alors en même temps pour commencer une réprimande; mais si les yeux des deux époux se rencontraient, ils échangeaient un sourire, et se reportaient avec idolâtrie sur la coupable, qui, moitié confiante dans son pouvoir, moitié honteuse

de sa désobéissance, relevait lentement la tête et promenait autour d'elle un regard interrogateur et timide.
Bientôt rassurée, elle recommençait à rire, et courait
de son père à sa mère pour donner et recevoir mille
baisers.

Le peintre était l'ami de Louis Monthal, Paul Servin; l'heureuse mère, Claire d'Hernac. Jeunes, beaux,
grands par le cœur, poëtes par l'imagination, assez
instruits pour s'intéresser aux choses les plus élevées
dans l'ordre intellectuel, ils vivaient loin du monde,
loin du bruit. — Quel dommage de voir deux personnes aussi distinguées s'enfouir dans la solitude!
disait-on autour d'eux; à quoi leur servent leurs facultés supérieures, leurs talents, leur esprit? — Stupide erreur des gens vulgaires! Les facultés supérieures, les talents, l'esprit, sont mille fois plus
nécessaires pour trouver le bonheur dans la vie intime que pour obtenir des succès de salon : sans ce
précieux secours, l'ennui se glisse bien vite entre les
cœurs les plus ardemment épris.

Ce qui donnait raison à Paul et à Claire plus encore que tous les raisonnements, c'est qu'ils étaient

heureux, complétement heureux. Quatre années de
mariage n'avaient fait qu'augmenter leur amour.
Ceux qui parlent de la brièveté de la passion et de la
rapide satiété que la possession amène n'ont jamais
aimé ; ils ont pris pour l'amour un caprice de tête ou
l'entraînement des sens. Quand l'intelligence et les
plus nobles aspirations de l'âme restent en dehors
d'une affection, cette affection est bientôt flétrie ; mais
l'amour qui peut se retremper incessamment dans
l'enthousiasme pour tout ce qui est grand et beau, n'a
rien à redouter du temps.

Au lieu de faire des phrases sur la pureté de l'air
des montagnes et sur l'austère majesté de l'Océan, à
la lueur du gaz, devant un rideau de théâtre, Paul et
Claire partaient dès le matin, quand venaient les beaux
jours, pour parcourir les bois qui environnent Paris,
et rapportaient de ces courses joyeuses des gerbes de
fleurs sauvages dont ils ornaient l'atelier. Au lieu de
disserter sur la musique italienne et sur la musique
allemande, sur Shakspeare et sur Gœthe, ils passaient de longues soirées à chanter des morceaux de
Guillaume Tell et du *Freyschutz*. Pour remplir leur

vie de gaieté, de jeux, de rires et de joie, n'avaient-
ils pas d'ailleurs leur enfant?

La séance dont nous parlons ne fut pas longue. La
petite Claire se montra si folle et si indisciplinée,
qu'on lui rendit bientôt sa liberté. Elle faisait ses
premiers essais dans l'art de la peinture en bar-
bouillant d'ocre un jeune chat, hôte habituel de l'a-
telier, lorsqu'une femme d'une beauté souveraine,
vêtue magnifiquement, entra sans se faire annoncer.
C'était la comtesse de Nérandal.

Depuis leur mariage, les deux amies ne s'étaient
pas revues; elles s'embrassèrent avec émotion. Paul
salua la comtesse et quitta aussitôt l'atelier, emme-
nant sa fille. Madame de Nérandal rougit. Sous le
salut froidement respectueux du jeune peintre, elle
avait cru deviner le mépris.

— Pourquoi ton mari nous laisse-t-il déjà? dit-elle
à son amie en s'asseyant.

— Il est obligé de sortir, dit Claire. Et elle rougit
aussi, car elle mentait.

— Comme tu es devenue belle! s'écria la comtesse
en examinant Claire d'un œil attentif.

14

Dans quelque situation que deux femmes se trouvent, leur premier soin, quand elles se revoient après une longue séparation, est de savoir si elles sont embellies ou enlaidies.

— Flatteuse! dit la jeune femme, qui savait très-bien que son amie disait vrai. Toi, tu es encore plus belle qu'autrefois.

— Ne me dis pas cela, je dois être horrible. Je suis si fatiguée, si souffrante! dit la comtesse. Mais parlons de toi. Que fais-tu? que deviens-tu?

— Paul travaille beaucoup, nous faisons tous les jours ensemble de longues promenades, nous voyageons un peu chaque été; voilà ma vie depuis quatre ans.

— Comment, tu ne vas pas dans le monde? Ton mari t'enterre dans cet atelier? C'est un crime de sa part.

— Pas tout à fait, dit Claire en souriant; d'abord nous ne sommes pas riches.

— Bah! fit Léonie avec la légèreté d'une femme qui a oublié le prix de l'argent, ton père t'a donné deux cent mille francs en te mariant.

— C'est-à-dire qu'il me les aurait donnés, si j'avais

épousé un millionnaire ; mais il a jugé que cinquante mille francs étaient une dot bien suffisante, puisque j'épousais un homme qui n'avait rien. Par bonheur, les tableaux se vendent bien.

— Pauvre amie, tu dois être bien malheureuse ! dit la comtesse.

— Moi ! es-tu folle ?

— Voyons, parlons franchement, comme en pension... La lune de miel s'est couchée depuis longtemps ; tu n'aimes plus ton mari ?

— Plus que jamais.

— Oui, comme un frère, comme un père, comme tout ce qu'il y a au monde de plus estimable et de plus respectable... Enfin tu ne l'aimes plus.

— Je l'aime, dit Claire sérieusement.

Léonie la regarda avec surprise. — Il faut bien te croire, dit-elle. Et sa physionomie devint rêveuse.

— Et toi, comment as-tu passé ces quatre années ? dit madame Servin en l'interrogeant à son tour.

— J'ai parcouru l'Italie et la Grèce, j'ai valsé à toutes les ambassades, et depuis mon retour à Paris je vais au bal tous les soirs.

— Alors tu t'amuses?

— Je m'ennuie horriblement.

— Et ton mari?

— Oh! il n'est pas de ton école. Il y a longtemps qu'il n'est plus amoureux de moi; en revanche, il est horriblement jaloux.

La comtesse resta quelques instants silencieuse. — Je voudrais être morte! s'écria-t-elle tout à coup en serrant convulsivement la main de Claire.

À ce moment, Louis Monthal entra. On représentait le soir même une pièce de lui au Théâtre-Français, et il venait apporter des billets à ses amis. Madame de Nérandal se troubla si visiblement en l'apercevant, que Claire se demanda s'il n'était pas pour quelque chose dans la visite de Léonie. Quant à Louis, il ne témoigna ni étonnement, ni embarras, et salua la comtesse comme il aurait salué toute autre femme en visite chez madame Servin.

Les années qui s'étaient écoulées depuis le jour où l'on a vu Louis écrivant dans sa mansarde avaient apporté de grands changements dans sa personne et dans sa position. A cette époque, ce n'était encore

qu'un enfant, tantôt exalté, tantôt moqueur, mais
toujours dominé par de généreux instincts. Depuis,
il avait passé par des souffrances où beaucoup laissent leurs croyances, leur force, leur jeunesse d'âme,
et il en était sorti plus grand et meilleur. Ce n'était
plus un homme ordinaire. Sa supériorité morale et
intellectuelle se peignait sur son visage. Son front
semblait s'être élargi, il avait de l'autorité dans le
regard; la nuance plus foncée de ses cheveux blonds,
son altitude, tout faisait de Louis un autre homme
pour Léonie. Un roman et un drame applaudis l'a-
vaient en peu de temps conduit à la célébrité. Il était
maintenant admiré, écouté, flatté. Les hommes en-
viaient son talent, les femmes désiraient son amour.

Léonie savait tout cela. Peut-être avait-elle cherché
une émotion en venant ce jour-là chez son amie;
mais ce qu'elle éprouva dépassa de beaucoup ce
qu'elle attendait. Elle resta devant Louis confuse et
fascinée, se disant qu'elle devait partir et ne trouvant
pas la force de s'éloigner. Louis causait avec la même
aisance, le même entrain que s'il n'avait jamais connu
madame de Nérandal. Il semblait trop dédaigner la

14*

comtesse pour exercer contre elle une vengeance que son émotion évidente rendait bien facile. Ce complet oubli du passé, cette indifférence absolue, exaspéraient Léonie.

— J'ai pourtant vu cet homme à mes pieds! se disait-elle. Et elle se sentait saisie d'un effroyable désir de l'y voir encore.

Louis était depuis une demi-heure dans l'atelier, quand on entendit des cris perçants dans la chambre voisine. Madame Servin pâlit et sortit aussitôt. Jusque-là, la comtesse s'était mêlée à la conversation sans adresser directement la parole à Louis Monthal. Ils restèrent silencieux en face l'un de l'autre. Léonie était si émue qu'elle n'osait lever les yeux. Pour se donner une contenance, elle ouvrit un livre posé près d'elle sur une table. C'était *Manon Lescaut*. Pendant quelques instants, elle tourna les pages sans prononcer un mot, puis une pensée soudaine augmenta son émotion.

— C'est une histoire révoltante, murmura-t-elle en fermant le volume.

— Est-ce Desgrieux que vous blâmez? demanda Louis Monthal.

— Non, dit Léonie; c'est cette indigne Manon.

— Doit-on se révolter contre ce qui paraît nécessaire et fatal? reprit Louis d'un ton parfaitement
calme. Moi aussi j'ai passé des nuits d'angoisse et de
larmes devant ce redoutable problème : « Pourquoi
la femme qui nous apparaît dans nos rêves pure,
chaste, presque céleste, est-elle dans la réalité si misérable? Encore si elle subissait, frémissante et indignée, la tyrannie de l'homme! Mais non, le plus
mince intérêt suffit pour la jeter dans les bras du
premier venu. » Pourquoi s'en étonner? Les femmes
ne vivent pas par elles-mêmes : elles plient sous la
volonté qui les domine. La grandeur de l'homme,
c'est de savoir désobéir, s'il le faut, aux lois écrites
pour obéir à la loi morale. Les femmes ne connais-
sent pas cette loi. Hors la convention et l'usage, il n'y
a pas de règle pour elles. Telle femme qui paraissait
hier une sainte inspire aujourd'hui la compassion ou
le mépris; elle n'en vaut au fond ni plus ni moins;
les circonstances ont changé autour d'elle, voilà tout.
Il m'a fallu plus d'une douloureuse expérience pour
arriver à cette conviction; aujourd'hui je sais ne

demander à une femme que ce qu'elle peut me donner.

Cette insolente profession de foi eût rendu Léonie joyeuse, si elle eût saisi dans le regard le moindre dépit, dans l'accent la moindre amertume. Louis parlait d'un ton si froid et si modéré, il attachait sur la comtesse un regard si calme et si serein, qu'elle fut forcée de se dire en l'écoutant : — Il ne m'en veut même plus ; c'est à une autre femme qu'il pense en ce moment !

Des larmes roulèrent sous ses paupières. L'idée que Louis pourrait les apercevoir la mettait au supplice. Heureusement Claire rentra, tenant dans ses bras sa petite fille, qui s'était coupé le doigt et qui pleurait encore. Madame de Nérandal dit adieu à son amie et s'empressa de quitter l'atelier.

Après son départ, Claire jeta sur Louis un regard curieux.

— Vous vous trompez, madame, dit Louis, répondant à la pensée de Claire : madame de Nérandal est peut-être la plus belle femme de Paris ; mais je l'aime si peu, que je me repens en ce moment d'avoir été impoli envers elle.

Léonie renvoya sa voiture et retourna chez elle à pied. Elle fit plus d'une lieue sans s'en apercevoir, ses yeux ne voyaient que les traits de Louis, ses oreilles n'entendaient que sa voix. Elle était folle d'amour pour celui qu'elle avait dédaigné et trahi.

Le soir même, elle se trouvait au fond d'une baignoire du Théâtre-Français. Après avoir longtemps lutté contre une fantaisie à laquelle il ne comprenait rien, le comte, qui affectait envers sa femme une galanterie chevaleresque, s'était résigné à l'accompagner au théâtre. En entrant dans la salle, Léonie caressait un vain espoir. La pièce contiendrait peut-être quelque allusion à sa conduite passée, qui lui révélerait le fond du cœur de Louis. — Il est devenu fort; il a joué ce matin l'indifférence, se disait-elle; mais il ne peut pas m'avoir oubliée. Je l'aime toujours, moi qui l'ai si lâchement abandonné, et Louis m'adorait !

Rien dans la pièce ne rappelait les anciennes douleurs de Louis Monthal. Léonie, déçue, fit appel à son orgueil; elle commençait à se croire calme, quand elle vit tous les yeux se diriger vers une loge des premières occupée par une jeune femme dont elle avait déjà remarqué l'élégance et la beauté. Louis était dans cette loge. Il n'y resta qu'un instant et n'échangea que deux ou trois paroles avec la jeune femme; mais la jalousie a le don de seconde vue. Sous la réserve apparente de leurs manières, Léonie devina l'amour, l'amour heureux. La douleur qu'elle ressentit au cœur fut si violente, que, dans son effort pour la dissimuler, elle broya sous ses doigts son éventail.

— Quelle est cette dame? dit un monsieur placé au parterre, devant elle.

— C'est madame de Rambert, répondit un voisin. Elle est veuve, très-riche, et admiratrice enthousiaste du talent de M. Monthal.

— Ah! fit ironiquement l'interrogateur.

— Mon cher, vous ne connaissez pas madame de Rambert, s'empressa de dire le voisin; la calomnie n'a jamais osé s'attaquer à elle. Elle est aussi vertueuse que belle.

— Cette femme vous trompe tous; c'est une misérable, c'est la maîtresse de Louis Monthal! eut envie de crier Léonie.

La salle et les acteurs avaient disparu pour elle; elle ne regardait plus que madame de Rambert. La voir dans une loge splendidement éclairée, joyeuse, admirée, enviée, célèbre par Louis, heureuse par Louis, tandis qu'elle était dans l'ombre, au milieu d'une foule indifférente, près d'un mari qu'elle n'avait jamais aimé et qu'elle détestait maintenant, ce fut un horrible supplice. — Là-bas la vie, ici la mort! se disait-elle avec désespoir.

La pièce eut un grand succès, et le nom de Louis Monthal, ce nom qu'elle aurait pu porter, fut acclamé avec enthousiasme.

Quand Léonie se retrouva dans sa chambre, elle tomba dans un fauteuil et promena lentement sur le luxe de son appartement un regard désolé. — Ils sont ensemble, et je suis seule, éternellement seule ici! murmura-t-elle.

Après une heure de profond accablement, elle se leva tout à coup, fiévreuse, agitée, les sourcils froncés, les joues en feu. — J'ai perdu à jamais son amour; mais il faut qu'il me rende son estime, s'écria-t-elle. Et, s'asseyant devant un bureau, elle écrivit :

« J'ai commis un crime contre vous, un de ces crimes que le monde ne punit pas. Respectée par tous, je me méprise moi-même, et je me traînerai courbée sous la honte jusqu'au jour où vous daignerez me relever et m'absoudre. Vous ne saurez jamais ce qu'il m'a fallu de force pour ne pas tomber ce matin à vos genoux en criant : « Grâce ! » On plaint les victimes. Si on pouvait deviner ce que souffrent les criminels ! Si vous saviez ma vie depuis quatre ans ! Pas une heure, pas une seconde qui n'ait été troublée par cette pensée : « Tu pouvais être la plus honnête, la plus fière, la plus heureuse des femmes ; tu n'es aujourd'hui qu'une créature déchue et misérable, et c'est toi qui l'as voulu ! »

» Vous avez sans doute oublié les instants si rapides et si pleins que nous avons passés ensemble. Moi, je n'ai rien que les souvenirs et les regrets qu'ils m'ont laissés. J'ai voulu tuer mon cœur, j'ai cherché à m'étourdir ; mais dans les fêtes les plus brillantes votre regard, le son de votre voix me poursuivaient, la musique n'était pour mes oreilles qu'un bruit monotone, les lumières ne jetaient autour de moi qu'un éclat funèbre, et j'errais, navrée de douleur, au milieu d'une foule imbécile qui m'enviait, qui me croyait au comble du bonheur, comme si les feux que lancent nos diamants pouvaient réchauffer nos cœurs.

» Oui, j'ai souffert d'inexprimables supplices; mais je ne connaissais pas le plus horrible de tous, je n'avais pas lu le mépris dans votre regard. Vous me méprisez, et pourtant, je le sens, si la souffrance est une expiation, je mérite votre estime. Si vous me pardonniez, j'aurais peut-être la force de supporter la vie que je me suis faite. Vous qui êtes heureux, serez-vous inexorable envers une pauvre femme qui n'implore qu'un mot de pitié?

» Je donne un bal dans deux jours : venez. Une parole de vous me rendra le calme et le courage; votre présence suffira pour me sauver du désespoir. »

Deux jours plus tard, Léonie était en grande toilette, immobile devant une glace. — Il ne peut manquer de venir, se disait-elle, et je suis si belle ce soir, que je réussirai à lui faire oublier cette femme.... Qui sait après tout s'il l'aime? Peut-être me suis-je trompée....

Léonie attendit jusqu'à une heure du matin. Elle dissimulait à grand'peine les tortures qu'elle subissait. Elle avait oublié la foule qui tourbillonnait autour d'elle; ses yeux ne voyaient que deux points dans le salon, la pendule et la porte. Enfin Louis arriva. La comtesse fit involontairement quelques pas vers lui. Il la salua et s'éloigna d'elle sans prononcer un mot.

Le dernier succès de Louis Monthal avait été si éclatant, que son apparition fut un événement. Il devint le but de tous les regards, le sujet de toutes les conversations. Pour les femmes surtout, la célébrité que donne le théâtre a quelque chose d'enivrant. L'homme qui a le secret de passionner tant d'imaginations, de faire battre à la fois tant de cœurs, ne doit-il pas tenir en réserve d'immenses trésors d'émotions pour celle qu'il aimera?

Léonie souffrait ce que pourrait souffrir un damné admis à contempler les joies du paradis. Les paroles d'amour que Louis Monthal lui avait dites quatre ans auparavant retentissaient dans sa mémoire, ardentes, passionnées; elle les avait à peine écoutées quand l'amant dévoué les prononçait; elle eût donné sa vie pour

les entendre de la bouche du poëte illustre. Si Louis
avait ordonné en ce moment à la comtesse de s'age-
nouiller devant lui, elle eût peut-être obéi. Les femmes
de ce caractère sont ainsi faites. Chez elles, les sentiments ne sont ni assez profonds ni assez forts pour
vivre d'eux-mêmes; il leur faut l'éclat, le bruit, l'enthousiasme de la foule pour réchauffer leur cœur.
Incapables de se trouver heureuses près d'un homme
de génie qui les adore, elles peuvent se perdre pour
un homme injustement célèbre qui les dédaigne.

Louis causait gaiement, ses regards erraient dans
le salon sans s'arrêter jamais sur la comtesse.
Léonie fut prise de vertige; elle s'approcha de lui
pendant une valse et dit à voix basse : — Vous êtes
implacable. Ne me suis-je pas assez humiliée pour
fléchir votre haine?

— Moi, vous haïr, madame! dit Louis, pourquoi?
Il y a si longtemps que je ne souffre plus.

— Vous m'avez bien vite oubliée! reprit Léonie
avec amertume.

— J'ai pleuré deux ans. Votre vanité exigeait-elle
davantage?

— Louis ! s'écria Léonie, exaspérée par cette froide ironie, ne comprenez-vous pas que je meurs de désespoir?... Il faut que je vous voie, il faut que je vous parle, ajouta-t-elle ; une explication est indispensable entre nous.

— Vous le voulez, madame, dit Monthal. Eh bien! venez demain au faubourg Saint-Jacques, numéro 80; demandez M. Benoît. — Et il s'éloigna de la comtesse; quelques instants après, il quittait le salon.

Léonie avait obtenu ce qu'elle désirait; mais le ton de Louis l'avait glacée d'effroi. Les femmes sont toujours étonnées et terrifiées quand elles rencontrent la force et l'indifférence chez ceux qu'elles ont vus faibles et émus devant elles.

La comtesse éprouva pourtant un instant de joie bien vive après le départ de Louis. Deux jeunes femmes causaient près d'elle.

— Allez-vous demain chez madame de Rambert? disait l'une; c'est son jour, je crois?

— Madame de Rambert n'est plus à Paris, elle est partie depuis deux jours pour l'Allemagne, répondait l'autre.

— Ils ne s'aiment pas ! se dit Léonie, et pour la première fois depuis trois jours elle respira librement.

IV

Le lendemain, vers deux heures de l'après-midi, Louis se trouvait rue du Faubourg-Saint-Jacques, au numéro indiqué, dans un pavillon caché au fond d'un jardin. L'extérieur de ce pavillon était gris, terne, presque misérable, comme la maison dont il dépendait ; mais toutes les richesses du luxe étaient réunies à l'intérieur. La pièce qui servait à la fois de salon et de cabinet de travail était tendue de velours grenat encadré de filets dorés ; les portières étaient de la même étoffe ; des bronzes d'un goût irréprochable ornaient la cheminée. Cette décoration sévère était relevée par les teintes douces d'un magnifique tapis, et par mille objets d'art et de fantaisie au milieu desquels se détachaient plusieurs tableaux de maîtres.

Bien qu'on fût au commencement de mai, un grand
feu éclairait la cheminée.

Dans cette pièce, si bien faite pour la rêverie et le
bonheur, Louis Monthal se tenait assis devant une
table chargée de livres, de brochures et de manuscrits.
En face de lui, une jeune femme était étendue dans un
fauteuil. Cette jeune femme rappelait le type blond et
gracieux affectionné par Greuze; mais la pose de sa
tête et ses regards pleins d'intelligence disaient clairement que dans cette créature charmante il y avait
autre chose que le modèle de la *cruche cassée*. Elle
portait un long peignoir de mousseline blanche, dont
le corsage et les manches, ouvertes jusqu'au coude,
étaient ornés de nœuds d'un bleu pâle; ses cheveux,
rejetés en arrière, laissaient voir des tempes fraîches
et transparentes comme celles d'un enfant; quelques
tresses bouclées, aussi légères que les nuages qui
flottent au ciel pendant les soirs d'été, s'échappaient
d'un peigne d'or et glissaient sur un cou dont aucun
peintre n'aurait pu rendre la délicatesse et la blan-
cheur. Tout dans l'attitude et la toilette de cette jeune
femme révélait la coquetterie, mais la coquetterie

sanctifiée par l'amour. On sentait qu'elle se fût moins soigneusement parée pour la fête la plus brillante, et que le regard reconnaissant de celui qu'elle aimait résumait pour elle tous les triomphes et tous les hommages.

— Voici les notes et les extraits que tu m'as demandés, dit-elle en se levant et en s'avançant vers Louis, les mains remplies de papiers. J'ai feuilleté plus de douze affreux in-folios pour trouver cela.

Louis ne prit pas les papiers, mais il s'empara des petites mains blanches qui les lui présentaient, et les couvrit de baisers; puis ses regards cherchèrent ceux de la jeune femme, et il la contempla longtemps dans une muette extase.

— Je vous défends de me regarder ainsi, s'écria-t-elle tout à coup en dégageant ses mains; vous saisissez avec empressement toutes les occasions d'interrompre votre travail. Songez donc que nous n'avons que trois mois pour faire votre drame. Je vais dans ma chambre; seul, vous travaillerez mieux.

— Anna! dit Louis d'un ton suppliant.

— Non, non, dit la jeune femme avec une grâce

mutine, tout en s'éloignant; je vous connais : si je
reste, vous passerez deux heures à excuser votre
paresse, et trois grandes heures à m'exposer vos
plans de travail; la nuit sera venue, et vous n'aurez
rien fait. Adieu! — Et elle disparut derrière la
portière.

— Anna! cria Louis, reviens; j'ai quelque chose
de très-important à te dire.

La délicieuse tête de la jeune femme se montra
entre les plis du velours.

— J'écoute, dit-elle.

— Je t'aime, dit Louis.

— Grande nouvelle! dit Anna en faisant une petite
moue dédaigneuse, tandis que ses joues s'empour-
praient de joie — Est-ce tout?

— Oui. Approche donc. J'attends une visite.

La figure d'Anna se décomposa. — Une visite!
répéta-t-elle en regardant Louis comme si elle craignait qu'il ne fût devenu fou.

— Oui, la comtesse de Nérandal.

— Cette femme qu'on dit si belle! tu la connais?
dit Anna avec l'inquiétude éternelle de l'amour.

— Depuis longtemps, répondit Louis, et il est indispensable qu'elle nous voie ensemble.

— Est-ce qu'elle t'aime ?

— Ma célébrité... peut-être; moi, certainement non.

Quelques instants plus tard, la porte s'ouvrit, et Léonie parut. Elle s'arrêta pâle de fureur sur le seuil de la porte en reconnaissant la baronne de Rambert.

— C'est une trahison, c'est une vengeance infâme ! s'écria la comtesse.

— Non, madame, dit Louis en s'avançant vers elle ; c'est une preuve de confiance et d'estime.

Et il fit un signe à madame de Rambert, qui sortit aussitôt.

— Cette femme sait tout ? dit Léonie dès qu'Anna eut disparu.

— Elle sait mon histoire, madame, mais elle ignore que Léonie et la comtesse de Nérandal sont une même personne.

— Pourquoi m'avez-vous fait venir ici ? dit Léonie.

— Vous m'avez parlé de désespoir; vous ne pouviez vivre, disiez-vous, sans mon estime : n'est-ce

15*

pas vous traiter en sœur et en amie que de vous ini-
tier à un secret d'où dépend plus que ma vie?

— Vous aimez donc bien cette femme?

Le regard de Louis répondit.

— Qu'a-t-elle donc fait pour être si heureuse? cria
Léonie.

— Désirez-vous le savoir, madame? dit Louis. Et,
s'approchant d'un tiroir, il y prit quelques papiers.—
Voici des lettres que j'ai écrites à Paul Servin quand
mon cœur débordait, et que je ne lui ai pas en-
voyées; elles vous diront mon existence depuis quatre
ans.

Léonie hésita un instant, puis elle saisit les lettres.
Était-ce curiosité? était-ce l'étrange besoin d'épuiser
la souffrance qui s'empare quelquefois des malheureux?

— Adieu, monsieur, dit-elle avec une certaine
hauteur, et elle s'élança vers la porte sans prendre la
main que Monthal lui tendait.

Dès qu'elle fut dans sa chambre, elle ouvrit les lettres et lut.

« Cauteretz, août.

« Pardonne-moi, Paul, d'être resté six semaines
sans répondre à tes lettres. Il m'était impossible d'é-
crire. En m'envoyant dans les Pyrénées, les médecins
comptaient probablement sur les distractions de la vie
des eaux et sur l'aspect grandiose des montagnes pour
vaincre la torpeur physique et morale contre laquelle
leur science échouait depuis si longtemps ; mais la
nature ne dit rien aux cœurs vides. Je demeurais
froid, indifférent, ennuyé, devant les plus magnifiques paysages. Ceux qui me voyaient marcher non-
chalamment sur le bord des précipices, ou errer, toujours seul, au fond des vallées, disaient peut-être :
« Voilà un amant qui songe à sa maîtresse ou un
poëte qui travaille à sa gloire. » J'étais tout simplement un mort qui n'avait ni le courage, ni le désir de
revivre ; bien plus, je ne croyais pas à la vie. Si deux
amants ou deux époux passaient près de moi le front
rayonnant, je ne les enviais pas, je les assignais pour
le lendemain devant le malheur, et je souriais amè-
rement à leur illusion présente. Mais aujourd'hui je

vis, j'admire, je crois à l'art, à la gloire, à l'amour. Je travaille !... Ce mot-là te dit tout.

» Te rappelles-tu les longues heures que nous avons passées dans ma mansarde à définir la femme qui devait nous ouvrir le monde de l'art et nous donner le bonheur? Il faut qu'*elle* soit belle, disions-nous, belle de cette beauté qui tient autant de l'esprit que de la matière, et qu'une idée, un sentiment, une sensation suffisent pour transformer. L'artiste se dégoûterait de son rêve et perdrait la force de le réaliser, s'il n'en voyait pas le reflet sur le visage de celle qu'il aime. En exprimant cette opinion, tu te laissais quelquefois entraîner jusqu'au blasphème. « Si les vierges de Raphaël étaient là, vivantes, près de moi, ajoutais-tu, mon intelligence s'engourdirait, et je deviendrais incapable de produire, parce qu'il m'est impossible d'imaginer sur ces divins visages une autre expression que l'expression fixée par le pinceau du maître, la douceur. » *Elle* devait tout comprendre, s'enivrer des pensées les plus hautes, les plus fortes, les plus généreuses : n'est-ce pas un supplice que de laisser sur la terre la meilleure moitié de soi-

même quand on s'envole dans le ciel? — *Elle* aurait
une volonté droite, inflexible, et l'éloquence qui per-
suade : il y a tant d'écueils, de tentations, dans la vie
de l'artiste! — Nous lui voulions aussi les langueurs
rêveuses de la jeune fille, les caprices inexpliqués et
le doux babil de l'enfant, les raffinements de langage
que donne l'habitude du monde, les séductions de la
coquetterie, la science de la toilette : un mot qui vous
choque, un choix de couleurs qui vous blesse, peuvent faire manquer un chef-d'œuvre. Quand nous
avions animé notre rêve, nous nous prosternions devant lui et nous l'adorions ; mais une pensée soudaine
nous faisait bientôt pâlir. Une femme ainsi douée vou-
dra-t-elle être belle, intelligente, tendre, spirituelle,
coquette pour un seul homme? Renoncera-t-elle sans
regrets aux plaisirs, aux succès qu'elle pourrait si aisément obtenir, pour s'associer à une existence pleine
de rudes labeurs, de chutes douloureuses, de triomphes contestés? Saura-t-elle compâtir aux angoisses
de l'enfantement intellectuel, elle qui n'aurait qu'à se
montrer pour exciter l'admiration et l'amour? Saura-
t-elle, aux heures où l'artiste se passionne pour son

œuvre, écouter ses divagations enthousiastes, sans qu'un sourire ou une phrase ironique vienne glacer l'inspiration dans le cerveau ou arrêter la main qui tient le pinceau ou la plume? trouvera-t-elle les paroles qui conjurent le découragement et le doute? — Nous posions ces questions sans jamais oser les résoudre. Eh bien! mon ami, elle existe, cette femme idéale! L'*inspiratrice* et la *consolatrice*, elle existe, et je l'ai rencontrée.

» Écoute-moi. J'avais gravi à pied, sous un soleil brûlant, l'une des plus hautes montagnes des environs. Avant d'arriver au sommet, j'étais fatigué; pour trouver un peu d'ombre, je m'étendis derrière les rochers qui bordaient le sentier que je venais de parcourir. Je commençais à m'assoupir, quand une voix mélodieuse, argentine, arriva jusqu'à mon oreille; j'avançai la tête, et j'aperçus à quelques pas de moi un vieillard et une femme, que je pris d'abord pour une jeune fille, montés sur les petits chevaux du pays. Le vieillard pouvait avoir soixante-dix ans, sa tournure était noble et imposante, sa figure portait tous les caractères des races aristocratiques. La jeune femme

était blonde, délicate, presque aérienne. Sous les
touffes de plumes grises qui ornaient son chapeau de
feutre, ses traits me parurent d'une fraîcheur et d'une
animation ravissantes. La vue était admirable en cet
endroit, le père et la fille (je devinai à première vue
les relations qui les unissaient) mirent pied à terre
et confièrent leurs montures à leur guide. Ils échangèrent quelques observations sur la beauté du site,
puis je vis le vieillard chanceler et tomber à deux pas
de l'abîme. La jeune femme poussa un cri affreux;
je m'élançai, et j'étais près de son père avant le guide.

» J'avais craint une attaque d'apoplexie; mais ce
n'était qu'un violent étourdissement causé par la fatigue et par la chaleur, écrasante ce jour-là. Le malade ouvrit les yeux, recouvra peu à peu ses forces,
et put bientôt se relever et monter à cheval. Il me remercia affectueusement, me donna sa carte, sur laquelle je lus : comte de Chalzy, et m'engagea à l'aller
voir. Il voulait continuer la promenade; mais sa fille
insista pour retourner à Cauteretz. Je crus comprendre qu'elle était encore inquiète, et qu'elle désirait que je les accompagnasse.

» Le comte marchait devant avec le guide. Je me tenais à quelques pas en arrière, près de sa fille. Nous gardâmes longtemps le silence : j'avais perdu l'habitude de causer.

» — Vous êtes toujours seul, monsieur, pourquoi? me dit tout à coup la jeune femme d'une voix si sympathique, avec un tel regard, que je me sentis troublé jusqu'au fond de l'âme.

» — Je ne sais pas, répondis-je... C'était la vérité en ce moment; mais conçois-tu que j'aie pu lui faire une aussi sotte réponse? Elle dut me croire idiot.

» Elle fit cependant quelques efforts pour ranimer la conversation. Je causai, peut-être même fus-je aimable, moi qui n'avais pas dit quatre paroles de suite depuis deux ans. Cette femme-là est entourée d'une atmosphère particulière.

» Au moment de nous séparer, elle me tendit la main et serra la mienne. — Merci, me dit-elle.—Comment te peindre cet accent, ce geste, cette douce pression? Elle disparut. J'étais un autre homme. Je voyais pour la première fois le pays qui m'environnait, je m'intéressais à tout, je m'aimais moi-même.

» Et depuis? diras-tu. Depuis, je la vois chaque jour; elle me parle, je l'accompagne dans ses promenades. Elle se nomme la baronne de Rambert; elle a vingt-deux ans, elle est veuve depuis trois ans déjà ; elle ne quitte pas son père, dont la santé exige les plus grands soins. Le comte de Chalzy est un homme très-distingué; il a fait lui-même l'éducation de sa fille. Anna sait tout, je crois, quoiqu'il soit impossible d'imaginer que cette jeune femme indolente et rieuse ait jamais étudié. Elle est musicienne ; elle fait des croquis à te rendre jaloux. Si tu l'entendais causer ! Elle dit, sans paraître y songer, des mots dont la profondeur m'effraie. Une femme comme elle est aussi supérieure à nous que l'intuition est parfois supérieure au raisonnement; notre intelligence est toujours plus ou moins faussée par les formules et par les systèmes, la sienne ne relève que de Dieu. Quand je l'écoute, un monde de pensées et d'images s'éveille en moi; mon esprit et mon cœur me semblent trop étroits pour embrasser la vie qui circule dans la création, mon existence trop courte pour réaliser mes rêves. Elle m'a ordonné de travailler; hier, dans la

soirée, je lui ai lu quelques pages que j'avais écrites
pendant le jour; elle a pleuré et m'a dit : — C'est
beau. — En ce moment, j'aurais soulevé le monde. »

« Cauteretz, septembre.

» Tout est fini... Elle est partie... Pourquoi suis-je
encore ici ? Je n'en sais rien. Pourquoi irais-je ailleurs ?
Je ne dois plus la voir.

» Depuis quelque temps, elle était encore plus affectueuse avec moi; elle me parlait sans cesse de la
nécessité de me créer une position par mon travail.
Son caractère me paraissait changé; elle ne riait
plus. Avant-hier nous sommes sortis ensemble après
le dîner. Le comte de Chalzy m'aimait et me confiait
volontiers la baronne, qu'il traite plus en jeune fille
qu'en femme.

» Un pressentiment douloureux me serrait le cœur.
Malgré les tentatives de la baronne, notre conversation se réduisait à quelques monosyllabes. Après avoir
longtemps monté une côte escarpée, nous nous assîmes
au-dessus d'un ravin. Un morne silence régna longtemps entre nous.

» — Nous partons demain, dit enfin la baronne.

» J'eus un instant l'idée de la pousser dans le torrent qui grondait sous nos pieds et de m'y précipiter après elle. Je ne répondis rien ; nous évitions de nous regarder.

» Au bout d'un quart d'heure, madame de Rambert murmura d'une voix étouffée : — Mon père a un fils, un fils unique qu'il n'a pas consenti à recevoir depuis six ans, parce qu'il a épousé la fille d'un professeur de dessin.

» Ah ! mon ami, je compris pour la première fois en cet instant ce que valent la fortune et les titres. Je compris pourquoi une puissance invincible m'avait empêché de prononcer le mot d'amour toutes les fois que de mon cœur il était monté à mes lèvres. Moi pauvre, inconnu, d'une naissance obscure, pouvais-je proposer à la baronne de Rambert, à l'une des reines de Paris par la richesse et la beauté, d'être ma femme sans autoriser les plus ignobles soupçons, sans me couvrir de honte ? Et pouvais-je dire à cette femme, libre de disposer d'elle-même : — Soyez ma maîtresse ?

» J'éprouvai en ce moment un transport inouï de

colère et de rage. Je vis dans la conduite de madame
de Rambert la plus effroyable coquetterie, la cruauté
la plus raffinée. Pourquoi tant de soins, tant d'efforts
pour rendre la vie à un cadavre, si elle devait m'abandonner dès qu'elle aurait ranimé en moi la faculté de
souffrir? Avait-elle voulu se procurer la gloire d'une
résurrection?

» Je me retournai vers madame de Rambert. Le
regard dont je l'enveloppai dut être terrible; mais ma
colère tomba devant l'expression triste et douce de
son visage, qu'éclairaient les dernières lueurs du crépuscule. — Je ne suis rien, je ne serai probablement
jamais rien, pensai-je. Quelle gloire, quel triomphe
de vanité puis-je donner à une femme? — Et mon
cœur se gonfla de reconnaissance.

» La nuit était venue, madame de Rambert se leva
et prit mon bras. Je me croyais malheureux en ce
moment... Malheureux! Elle était près de moi, j'entendais sa respiration agitée; son bras tremblait sous
le mien... Il tremblait, j'en suis sûr. Nous arrivâmes
à la porte de son hôtel sans prononcer un mot; là,
emporté par un sentiment plus fort que ma volonté,

je pris sa main et je la pressai longuement contre mes lèvres.

» Madame de Rambert ne la retira pas ; elle me regardait. Je crus voir des larmes dans ses yeux.

» — Vous viendrez dire adieu à mon père, me dit-elle. Puis elle entra.

» Son regard m'avait rendu fou. Je fus un instant convaincu que le comte de Chalzy allait m'offrir la main de sa fille. Une heure plus tard, j'étais chez lui. Il prit congé de moi avec une bienveillance charmante, et m'engagea à venir le voir à Paris. Madame de Rambert ne parut pas. Pendant la nuit, j'espérais encore. Quoi? Je ne sais.

» Et le lendemain, rien, plus rien au monde... Elle était partie. — Paul, je n'avais pas encore souffert... Et pourtant, crois-moi, je ne m'abuse pas, cette femme m'aime;... mais elle en rougit sans doute... Elle aussi !... Oh ! les femmes du monde ! »

« Paris, janvier.

» Te souviens-tu, Paul, qu'il y a huit mois, quand tu t'efforçais de me guérir, je te répondais : La vie est impossible? Il n'y a en ce monde que des courtisanes et des ménagères ; les unes me dégoûtent, les autres m'ennuient. — Tu ne discutais pas avec moi, tu comprenais que j'étais trop malheureux pour être juste ; mais tu murmurais tout bas : — « Il y a aussi des femmes. »

» Tu avais mille fois raison, il y a des femmes, des êtres qui ont de plus que nous la pureté, le dévouement et la beauté.

» Il est une heure du matin, la pluie tombe à larges gouttes sur mon toit ; c'est une des nuits les plus lugubres qui aient jamais enveloppé Paris ; je suis seul dans ma mansarde, et pourtant la joie déborde en mon cœur.... Après *lui* avoir écrit, j'ai encore besoin de crier mon bonheur.

» Comment ai-je passé les deux mois qui ont séparé son départ de Cauteretz du jour où je l'ai revue? Ne me le demande pas. Je sais seulement qu'il n'y avait plus pour moi ni présent, ni avenir, ni jour, ni nuit. Quelquefois je passais des journées entières sans me lever ; à quoi bon? Souvent je restais jusqu'au matin dans mon fauteuil. Partout le chaos, le froid, les ténèbres. J'étais depuis un mois à Paris quand je reçus un billet d'*elle*. Il ne contenait que ces mots : « Pourquoi ne venez-vous pas nous voir ? » Je répondis : « C'est impossible ! » Puis je retombai dans ma douloureuse léthargie.

» Enfin un soir, le 4 décembre, la porte de ma mansarde s'ouvrit : c'était *elle*, elle, toujours belle, mais pâle et amaigrie. Elle vint vers moi, me prit les deux mains et me dit lentement : — Je vous aime, m'aimez-vous assez pour consentir à m'épouser?

» Il y a des émotions au-dessus des paroles. Une heure plus tard, je sanglotais encore à ses pieds. Elle me souriait à travers de douces larmes.

» — Notre mariage ne peut avoir lieu maintenant, disait-elle : je me dois à mon père, je ne veux pas affliger ses derniers jours ; mais je ne pouvais pas non plus vous laisser mourir, continua-t-elle avec un regard que je vois encore, que je verrai toujours. Si je suis coupable, Dieu me pardonne, j'en suis sûre.

» Puis elle me raconta sa vie depuis notre séparation ; mon ami, elle avait autant souffert que moi ! Trois fois elle était venue jusqu'à ma porte sans trouver le courage de monter à ma mansarde. — J'ai à présent le droit de commander, me dit-elle en me quittant; je veux que vous ayez écrit plusieurs nouveaux chapitres de votre ouvrage la première fois que je viendrai ici.

» La nuit même, je travaillai.

» Vous avez tous fait honneur à mon énergie, à la toute-puissance de ma volonté, du réveil soudain de mon intelligence, des rapides succès que j'ai obtenus. Ma volonté, c'était elle; mon talent, elle encore. C'était son nom qu'on aurait dû jeter à la foule au lieu du mien. Elle m'avait aimé obscur, inconnu, dédaigné: ne lui devais-je pas d'illustrer le nom qu'elle voulait porter?

» Anna a fait des efforts inouïs pour me faire quitter ma mansarde. — Puisque je suis riche, vous l'êtes aussi, me dit-elle souvent; refuser de partager avec moi, c'est me prouver que vous ne me considérez pas comme votre femme. Vous tenez donc bien à rester libre?

» Jusqu'ici j'ai résisté: je ne veux pas quitter la mansarde où elle m'a dit pour la première fois qu'elle m'aimait.

» Je vais souvent chez le comte de Chalzy. Ce vieillard m'aime et jouit en père de mes triomphes; il me haïrait, si sa fille portait mon nom. J'ai quelquefois des remords en songeant que son affection repose sur une erreur; mais pourrait-on sans crime troubler une existence si près de s'éteindre? Tous les ans, le comte va passer quelques mois d'hiver chez un ami qui possède un château près de Nice. Pendant ce temps, Anna est libre; nous nous enterrons alors au fond du faubourg Saint-Jacques, sous le nom de M. et Mme Benoît. Une cousine d'Anna, mariée à Berlin, est dans notre confidence; le comte croit sa fille chez elle.

» Avec quelle joie nous entrons dans notre prison (c'est vraiment une prison pour Anna)! avec quel désespoir nous en sortons! C'est là que je travaille, là que ma pensée s'élève, là surtout que mon âme se purifie et s'éclaire. Dans les luttes d'intérêts, dans les tiraillements de toute sorte, les mille complications de la vie des hommes, le sens moral se trouble toujours plus ou moins, la délicatesse s'émousse; mais l'âme d'Anna est un sanctuaire. Quand cette chère

16

compagne a dit : « C'est bien, c'est mal, » c'est comme
si Dieu avait parlé. Paul, je suis bien heureux ! »

V

Après avoir lu ces lettres, Léonie les froissa convulsivement. Si une pensée de vengeance traversa
son esprit, elle s'effaça bientôt sans laisser aucune
trace. Ce n'était pas une de ces natures passionnées
chez lesquelles l'amour s'éveille puissant, fatal,
aveugle comme l'instinct, et poursuit sa satisfaction,
même à travers le crime et la honte. Ces natures-là
sont rares à Paris, et Léonie était, nous l'avons dit,
une vraie Parisienne. La vanité l'avait poussée vers
Louis Monthal, la vanité l'en éloignait, car elle n'en-
trevoyait qu'humiliation dans une lutte avec une rivale adorée. Quand après un instant d'hésitation, elle
jeta au feu les lettres de Louis Monthal, ce n'était déjà
plus à lui qu'elle pensait, c'était à elle-même. Elle
comparait les quatre années qui s'étaient écoulées de-

puis son mariage, ces années si mornes, si ternes, si
désolées, malgré leur agitation et leur éclat apparents,
à la vie si occupée et si douce de Claire Servin, à l'existence pleine d'émotions et d'enivrements de madame
de Rambert. Elle s'abîma dans une de ces méditations
désespérées d'où les femmes sortent perverties à jamais ou sanctifiées par la résignation ; mais elle
n'avait pas une âme assez grande pour se résigner.
C'était une de ces femmes qui veulent tous les bonheurs et à qui tous les bonheurs manquent, parce
qu'elles n'ont le courage d'aucun sacrifice. Celui qui
aurait pu la voir à cette heure eût aisément deviné
qu'elle faiblirait devant le devoir comme elle avait faibli devant le dévouement, qu'après avoir lâchement
trahi Louis Monthal pour les jouissances du luxe et de
la vanité, elle commettrait de misérables folies pour
les joies de l'amour.

A dater de ce moment, sa volonté, sinon sa vie, fut
corrompue. Elle arriva bientôt à cet état moral qui
met une femme à la merci du premier homme assez
habile pour exploiter sa vanité et son ennui au profit
de son plaisir ; mais le mal même est quelquefois dif-

ficile en ce monde. Il se passa deux mois sans qu'elle
pût découvrir, ni dans son cœur ni dans celui des
hommes qui l'entouraient, le moindre symptôme de
passion. Un profond découragement s'empara d'elle,
sa santé se troubla comme son âme. Les seules heures
supportables de sa vie étaient celles qu'elle passait
près de Claire à disserter sur le sentiment qu'elle dés-
espérait d'éprouver. Les conversations sur l'amour,
entre amies intimes, jouent un rôle immense dans
l'existence des femmes, et entraînent souvent les plus
fatales conséquences. Il y a des désirs qu'il est bon de
se dissimuler à soi-même quand on veut conserver la
force d'y résister. Les avouer, en discuter la satisfaction même comme une hypothèse, c'est jeter ses meilleures armes avant l'heure du combat.

Un matin que Léonie était seule avec son amie dans
l'atelier de Paul, la femme d'un député de province y
entra, suivie d'un élégant jeune homme. Elle venait
avertir le peintre, qui avait commencé son portrait,
qu'elle ne pourrait pas poser ce jour-là. Bien qu'il ne
fût pas encore onze heures, la nouvelle arrivée dispa-
raissait sous les volants, les dentelles et les plumes.

Elle fit à la comtesse de Nérandal, qu'elle avait déjà rencontrée chez Paul Servin, une foule de compliments prétentieux, puis voulut montrer son portrait au jeune homme qui l'accompagnait.

— Le trouvez-vous ressemblant, monsieur *de* Lanveur? dit-elle en appuyant fortement sur la particule aristocratique.

Léonie avait comme un vague souvenir d'avoir entendu prononcer ce nom par Louis Monthal, et regarda celui qui le portait. Cet examen fut tout à fait favorable à M. de Lanveur. Il avait une taille mince et souple, de magnifiques cheveux bruns, le teint d'une pâleur mate, de grands yeux allongés qui exprimaient, sans qu'il s'en occupât trop, la rêverie et la tendresse. Le jeune homme remarqua l'attention dont il était l'objet, et arrêta sur la comtesse un de ces regards pleins d'admiration et de désir dont l'impertinence trouve toujours grâce aux yeux des femmes.

Madame Chardon (c'était, à son grand désespoir, le nom de la femme du député) obligea bientôt son compagnon à s'occuper de son portrait. M. de Lanveur

16*

était en train de répéter après elle que les contours
du visage étaient un peu trop arrondis, les yeux un
peu trop bridés, la bouche un peu trop grande, le nez
un peu trop fort, quand Paul Servin entra dans son
atelier. — Comment allez-vous, mon cher Albert?
dit-il en tendant familièrement la main à M. de Lanveur, après avoir salué la comtesse et madame Chardon; il y a bien six ans que je ne vous ai vu. Vous
rappelez-vous l'époque où Louis Monthal et moi
nous n'avions pour nous deux qu'un cabinet sous
les toits?

— Les choses ont bien changé : vous êtes aujour-
d'hui un peintre célèbre, dit Albert.

— Je n'accepte pas cette flatterie; mais notre ami
est devenu un grand poëte et sera bientôt un poëte
illustre, répondit Paul Servin, dont le cœur débordait toujours quand il s'agissait de Louis Monthal.

— Oui, il a du talent, dit Albert de ce ton qui ré-
vèle clairement qu'on voudrait pouvoir soutenir le
contraire.

Sa curiosité de provinciale lettrée arracha madame
Chardon à la contemplation de son portrait. — Vous

connaissez M. Monthal? s'écria-t-elle en se tournant vivement vers Paul Servin; ses romans m'ont fait passer des heures délicieuses.

— Et ce grand désespoir dont on a tant parlé, ce spleen invincible, il n'en est plus question, je crois? demanda M. de Lanveur d'un ton léger.

Paul ne répondit rien, ce qui n'empêcha pas madame Chardon de lui adresser une foule de questions sur la vie intime de Louis. Cette conversation mettait Léonie au supplice. Les yeux d'Albert se reportant à chaque instant sur elle, elle se figura qu'il la connaissait, et rougit à plusieurs reprises. Enfin elle se leva très-troublée et sortit en laissant un bouquet de violettes sur le divan qu'elle venait d'occuper. Albert de Lanveur avait assez de disposition à la fatuité; il se persuada que ses regards étaient la cause unique de l'émotion de la comtesse, et, s'emparant des violettes oubliées, il les mit dans sa poche sans que personne s'en aperçût.

— Comment trouvez-vous la comtesse de Nérandal? lui dit madame Chardon dès qu'ils eurent quitté l'atelier.

Le nom de la comtesse produisit sur M. de Lanveur un effet analogue à celui qu'avait produit le sien sur Léonie : tous les détails de l'histoire de Louis Monthal lui revinrent à la mémoire. — Belle, répondit-il, mais un peu pâle, les traits fatigués.

Cette restriction était en l'honneur de l'embonpoint exubérant de madame Chardon.

— Pauvre femme ! s'écria madame Chardon, qui voyait partout des femmes incomprises et sacrifiées ; sa famille l'a mariée malgré elle à un homme ayant trois fois son âge et monstrueusement jaloux ; elle se meurt de désespoir. Dans huit jours elle part pour Vichy, mais je crains bien qu'elle n'en revienne pas.

Et madame Chardon, qui tenait à prouver qu'elle connaissait intimement la comtesse, donna sur elle à M. de Lanveur de longs détails qu'il écouta avec un intérêt marqué.

Le fiacre qui les emportait s'arrêta devant un hôtel de la rue Saint-Honoré, où la famille du député était installée depuis six mois. Madame Chardon était évidemment la personne importante de cette famille : fille d'un gentillâtre campagnard sans fortune, elle s'était trouvée très-heureuse d'épouser un fabricant de papiers peints ; mais,, bien que son mari lui eût gagné près d'un million, elle n'avait jamais oublié la distance qui, selon elle, la séparait de M. Chardon, et lui reprochait sans cesse la vulgarité de ses goûts. Habiter Paris, voir le monde, était son rêve, quand M. Chardon fut nommé député. Au fond du département des Vosges, elle avait naïvement espéré que la nouvelle dignité de son mari allait lui ouvrir toutes les portes, qu'elle passerait sa vie dans les premiers salons de Paris. Sa grande préoccupation était aujourd'hui de marier sa fille à un homme dont le nom pût lui ouvrir l'entrée du monde où elle vivait depuis si longtemps par l'imagination. Célestine Chardon avait été élevée dans un pensionnat de Paris. Sa mère disait à qui voulait l'entendre que sa fille *savait* l'ethnographie, la cosmographie, l'archéologie, la poésie et la peinture.

Albert de Lanveur avait été présenté à madame Chardon par un de ses camarades, neveu de la femme du député. Quelques années auparavant, il n'aurait vu qu'un sujet de satire dans les ridicules de cette famille bourgeoise; mais il appréciait fort aujourd'hui le parti sérieux qu'on pouvait en tirer, et agissait en conséquence. Albert appartenait à la classe trop nombreuse des jeunes gens qui de dix-huit à vingt-cinq ans se croient poëtes, réussissent même quelquefois à le persuader aux autres, et qu'on retrouve à trente ans plus froids, plus calculateurs, plus attachés au bien-être matériel que les hommes qui semblent voués par état aux préoccupations mesquines et prosaïques. La conscience, le courage, l'abnégation, ce triple rempart derrière lequel le feu sacré doit s'abriter, font absolument défaut à ces natures menteuses et incomplètes. La flamme éphémère qu'on remarque en elles, et qu'on baptise à tort du nom d'inspiration, s'éteint au premier vent, et ne laisse, comme une âcre fumée, que l'envie et l'irritation de l'impuissance.

Albert était de Caen, comme Louis Monthal; leurs mères habitaient la même maison. Pendant dix ans, ils étaient partis ensemble le matin pour le même collége, et avaient joué le soir dans le même jardin. Dès cette époque, Albert était jaloux de Louis, dont

il sentait vaguement la supériorité. Madame Monthal
avait quelque aisance, tandis que la mère d'Albert
était presque dans la misère, bien qu'elle appartînt à
l'une des meilleures familles de la noblesse normande.
Son mari, joueur et débauché, avait dévoré son patrimoine et celui de sa femme. Après sa mort, toutes
ses dettes payées, il restait neuf cents francs de rente
à madame de Lanveur pour vivre et élever deux enfants. Quand Louis eut atteint seize ans, madame
Monthal l'envoya terminer ses études à Paris. Albert,
désespéré de rester à Caen, reprocha à sa mère de
borner sa vie, de lui fermer à jamais l'avenir en le
retenant dans une ville de province. La pauvre femme
ne put lui répondre que par des larmes.

Quatre ans après son arrivée à Paris, Louis fut
très-surpris de voir Albert entrer un matin dans sa
chambre.

— Depuis quand es-tu ici? lui dit-il.

— Depuis une heure, répondit Albert; une vieille
tante fanatique du nom de Lanveur, qu'elle a porté
du berceau à la tombe, m'a légué deux mille francs
de rente; avec cela, — et ceci, ajouta-t-il en tirant un

manuscrit de sa poche, — un homme comme moi doit arriver vite à la célébrité et à la richesse.

— Et que vas-tu faire?

— De la littérature.

— Il serait peut-être sage de faire encore autre chose.

— M'enterrer dans un bureau ou dans une étude, me couper les ailes ! c'est toi qui me conseilles cela, toi qui écrivais déjà à Caen de si belles pages !

— Je travaille toujours, dit Louis, et peut-être arriverai-je un jour; mais ma mère n'est pas riche, je la gênerais beaucoup si je vivais à Paris sans gagner moi-même quelque argent; je suis employé au ministère des finances.

Quatre années s'écoulèrent, quatre années pendant lesquelles Albert gaspilla misérablement son temps et son papier. Il se trouvait à vingt-sept ans aussi inconnu et aussi pauvre qu'à vingt, tandis que tous ses camarades étaient parvenus à se créer des positions convenables, sinon brillantes. Une transformation rapide s'accomplit alors en lui. Comme tous ceux qui voient dans l'art un moyen et non un but, il prit la

poésie en dégoût, dès qu'il fut bien convaincu qu'elle
ne lui donnerait pas la richesse, et se mit à parler légèrement dans l'intimité de ses talents littéraires. En
revanche, il affectait d'immenses prétentions à l'habileté. Parvenir ! ce mot-là revenait sans cesse dans sa
conversation, et tous les moyens lui paraissaient
bons pour atteindre son but. Au fond, son ambition
se bornait maintenant à passer agréablement la vie
sans rien faire ; en un mot, il spéculait sur le mariage
d'inclination. Rencontrer dans madame Chardon une
de ces femmes sottement vaniteuses, qui se laissent
persuader qu'on n'épouse leur fille que pour avoir le
bonheur d'être leur fils, fut pour Albert une chance
inespérée. Il prêta des livres à la femme du député,
chanta des duos avec elle, écrivit des vers sur son
album, et lui donna quelques notions de blason, excellente occasion pour lui parler de ses ancêtres, morts
aux côtés de Guillaume le Conquérant, à la bataille
d'Hastings. Il ne négligea pas non plus de faire une
cour personnelle à mademoiselle Célestine, et parvint
même à gagner les bonnes grâces de M. Chardon en
discutant sérieusement les opinions que le fabricant

17

croyait avoir sur une foule de questions industrielles
et politiques.

Albert prévoyait cependant un grand obstacle à ses
projets. Malgré son nom, il n'avait jamais eu aucune
relation avec la société aristocratique dont madame
Chardon voulait à tout prix faire partie. Gagner le
cœur d'une grande dame, s'élever sous son ombre
dans le monde, c'était sans contredit le plus sûr, le
plus court, le plus agréable de tous les expédients ;
aussi y pensa-t-il souvent. Par malheur pour lui, les
grandes dames, si communes dans les livres, sont infiniment rares dans la vie réelle. Plusieurs mois se
passèrent sans qu'il réussît à en découvrir une. On
comprend maintenant pourquoi Albert avait saisi avec
tant d'empressement les violettes de madame de Nérandal : la comtesse était peut-être l'ange qu'il appelait
depuis si longtemps. Sa joie augmenta quand il apprit
que la femme dont il avait admiré la beauté était la
fiancée infidèle de Louis Monthal. Il détestait cordia-
lement Louis depuis ses derniers succès. Se faire aimer
de cette femme qui avait dédaigné son ami d'enfance
était à ses yeux un triomphe, presque une vengeance.

En rentrant chez lui, il se jeta dans un fauteuil et s'écria en regardant le bouquet de Léonie : — Je tiens ma fortune ! Puis il tomba dans une profonde médiation. Il voulait partir pour Vichy. A Paris, il n'aurait peut-être jamais l'occasion d'aborder madame de Nérandal. Grâce aux renseignements de madame Chardon, Albert trouva cependant moyen d'apercevoir chaque jour madame de Nérandal, et ses regards furent si éloquents, qu'en quittant Paris Léonie se disait qu'elle laissait peut-être derrière elle la grande passion qu'elle poursuivait.

VI

La première personne que madame de Nérandal aperçut à Vichy, ce fut Albert. Elle ne pensa même pas au hasard et se crut aimée. Le soir, au bal, quand elle quitta sa place pour valser avec lui, elle était émue comme une femme qui attend une déclaration, et préparait déjà des réponses froides et dignes. Albert garda le silence. La comtesse éprouva une véritable déception.

— J'ai un crime à me reprocher envers vous, madame, dit enfin Albert en la reconduisant à sa place, un crime si énorme que je n'ai pas osé vous le confesser. Soyez assez bonne pour m'accorder une seconde valse : j'aurai peut-être plus de courage.

La curiosité de Léonie était éveillée; la valse fut accordée.

Cette fois Albert parla du bouquet de violettes, du lien mystérieux qui unissait sa vie à celle de la comtesse, de son isolement, de sa tristesse, des rêves insensés de ses nuits, de ses folles espérances... On se tromperait en croyant que toute son émotion fût jouée, toute l'exaltation de ses phrases calculée. Quel jeune homme de vingt-sept ans n'est pas un peu de bonne foi en parlant d'amour, quand, les nerfs ébranlés par les vibrations de l'orchestre, enivré par une atmosphère chargée de parfums, il emporte dans ses bras une femme jeune et belle?

Léonie était bien belle ce soir-là ; ses joues avaient la nuance des bruyères roses qui tremblaient dans ses cheveux; sa taille pliait mollement sous les ruches vaporeuses qui garnissaient son corsage. Elle profitait du mouvement rapide de la valse pour savourer, sans paraître les entendre, les paroles d'Albert. Dans un intervalle de repos, elle jugea cependant nécessaire de lui demander son bouquet.

Albert lui jeta un regard navré.

— Demain, madame, répondit-il d'une voix à peine intelligible.

La valse continua. Albert, morne, silencieux et froidement respectueux, entraîna Léonie. Cette manœuvre était habile, la comtesse se sentit fatiguée et glacée; il lui sembla que les bougies avaient pâli, que les musiciens jouaient sans entrain et sans vigueur.

Le lendemain, elle valsa trois fois avec Albert, qui, bien entendu, remporta son bouquet. Il eut le bonheur de découvrir qu'il avait vu quelquefois, dans son enfance, un cousin de M. de Nérandal établi en Normandie; ce fut un motif suffisant pour se faire présenter au comte. Huit jours plus tard, il connaissait les heures où l'on était à peu près sûr de trouver la comtesse chez elle sans son mari.

Quand, au bout de six semaines, Léonie quitta Vichy pour aller dans le département des Landes, où

le comte possédait des terres considérables, elle avait
répondu une vingtaine de fois aux lettres d'Albert, sous
prétexte de lui défendre d'en écrire d'autres; elle lui
avait laissé prendre plusieurs gants et quelques nœuds
de rubans; elle lui avait même donné assez volontairement des fleurs qui s'étaient fanées sur son cœur.

La comtesse s'ennuyait horriblement à la campagne; les lettres d'Albert furent sa seule distraction.
Quand elle les lisait, vers midi, dans les longues
allées de tilleul envahies par l'herbe que le bruit de
ses pas semblait étonner; ou bien le soir dans sa
chambre, après le départ des hobereaux et des chas-
seurs qui avaient égayé le dîner par des dissertations
agricoles et par le récit des exploits de leurs chiens,
elle se persuadait aisément qu'elle aimait, et comptait
les jours qui la séparaient de Paris. Elle revit Albert avec joie, vanta ses talents comme musicien
et comme poëte et le présenta chez toutes ses connaissances. Albert réussit admirablement dans le
monde. Il avait juste assez d'esprit, d'intelligence et
d'imagination pour se montrer aimable. Les gens
vraiment supérieurs songent souvent trop peu à

prouver qu'ils le sont ; d'ailleurs ils fatiguent en vou-
lant mettre toute chose au service de leurs idées,
tandis que les gens médiocres savent mettre leurs
idées au service de toute chose.

Une princesse italienne, célèbre par ses aventures,
fit à M. de Lanveur l'honneur de le remarquer, et lui
donna aux yeux de Léonie l'importance qu'acquiert
immédiatement ce qu'on vous dispute. Albert sut profiter habilement de cette fantaisie, sans faire grande
attention aux avances de la beauté italienne. Léonie
était la première femme qui lui eût révélé les raffinements et la poésie du luxe ; elle répondait à tous ses
secrets instincts ; il l'aimait autant qu'il pouvait
aimer, c'est-à-dire qu'il la désirait beaucoup. Cependant au bout de trois mois il n'était guère plus avancé
que le premier jour, et les choses auraient pu aller
longtemps ainsi, si le comte de Nérandal ne se fût
avisé de défendre à sa femme les longues causeries
avec M. de Lanveur, qui remplissaient maintenant
ses matinées. Cet acte d'autorité exaspéra Léonie. Le
spectre de l'ennui lui apparut prêt à la ressaisir dans
ses bras glacés, et elle écrivit à Albert, pour lui an-

noncer la résolution tyrannique de son mari, une lettre où la révolte perçait à chaque ligne. Albert ne s'émut pas trop en la lisant.— Elle viendra chez moi, se dit-il; j'attendais depuis longtemps cette péripétie.

— Et il écrivit quatre pages d'un style brûlant. C'étaient ses adieux à madame de Nérandal et à la vie.

Quand Léonie reçut la lettre d'Albert, Claire était chez elle. La comtesse brisa précipitamment le cachet et parcourut les quatre pages avec un trouble qui n'échappa point à son amie, puis elle mit la lettre dans sa poche et essaya de continuer la conversation; mais il était évident que sa pensée était à mille lieues des mots qu'elle prononçait. Incapable de dissimuler plus longtemps, elle s'écria tout à coup en regardant madame Servin en face : — Je suis la plus malheureuse des femmes. J'aime!... oui, j'aime, reprit-elle avec détermination; et *il* m'écrit qu'il va se tuer, si je ne vais pas chez lui.

— Je t'en conjure, n'y va pas, s'écria Claire, pense à tes devoirs.

— Mes devoirs! dit Léonie avec amertume, c'est donc là ta seule réponse quand je te dis que j'aime!

Parce qu'on a prononcé un certain jour de certaines
paroles, crois-tu que le cœur cesse de battre, crois-tu
que l'imagination ne puisse plus rien rêver? Mieux
vaut le cloître que le mariage : là du moins la passion se heurte contre des grilles de fer et s'use bientôt
dans une lutte impossible; mais supporter une existence mille fois pire que la mort quand il n'y a entre
nous et le bonheur que deux mots, réputation, devoir, — deux mots dont les hommes veulent faire
pour nous une barrière infranchissable, et qui ne
sont que des mots pour eux, — c'est une torture au-
dessus des forces d'une femme...

— Ma pauvre Léonie, calme-toi, dit Claire les
larmes aux yeux en serrant les mains de son amie
dans les siennes.

— Me calmer! pourquoi ne me dis-tu pas d'être
heureuse? Comment! continua-t-elle, j'ai une voiture
qui m'attend dans la cour, dix valets à mes ordres, je
peux faire autant de toilettes qu'il y a d'heures dans
la journée, et je ne me trouve pas heureuse! Cela
doit bien t'étonner, toi qui n'as qu'un bonheur dans
ta vie, celui d'aimer et d'être aimée!

17*

— Léonie, dit Claire avec un accent sérieux et ému, je ne te dirai pas : De quoi te plains-tu?... Je comprends trop bien pourquoi tu souffres ; mais n'as-tu pas perdu le droit de parler comme tu le fais? Est-ce bien la société que tu dois accuser de ton malheur? Tu pouvais choisir, et tu as choisi...

— Oui, j'ai choisi ! dit Léonie avec désespoir, et elle tomba brisée sur le canapé.

Son abattement ne dura pas longtemps. Il y a pour toutes les femmes une heure, souvent unique, où elles semblent prendre plaisir à crier tout haut ce qu'elles s'efforcent de dissimuler pendant toutes les autres heures de leur existence. Cette heure-là était arrivée pour Léonie.

— Comprends-tu ce qu'est ma vie? dit-elle en se redressant pâle et exaltée. Savoir qu'il n'y a qu'un seul sentiment qui fasse vivre et l'étouffer dans mon cœur, n'être la première pensée de personne, répéter sans cesse tout bas le mot suprême qui fait passer notre âme sur nos lèvres et ne jamais le prononcer, voir ma beauté se faner sans qu'on m'ait remerciée d'être belle, trouver les jours mortellement longs, et pourtant regretter chaque jour qui s'écoule, car bientôt il ne me restera plus de ma jeunesse que le désespoir de n'avoir pas vécu... Le luxe, auquel j'ai tout sacrifié, je le hais;... qu'importent les dorures et le velours? Les choses vraiment belles ne coûtent rien et appartiennent à tous; le dernier mendiant peut admirer comme moi le Rhin et les Alpes. Je souffre trop; j'étais bonne autrefois, je deviens méchante. Quand mes chevaux m'entraînent à travers Paris, si je rencontre sur ma route une grisette au bras de son amant, je sens des transports de rage, et je voudrais anéantir sa joie et sa beauté... Voilà ma vie, reprit Léonie après un moment de silence, et quand le bonheur s'offre à moi, tu veux me condamner à le repousser?

— Est-ce que la pensée de tromper ton mari ne te révolte pas? dit Claire.

— Crois-tu que le comte ne m'ait jamais trompée, lui?

— Je suis une femme et j'aime, dit Claire doucement. Quoique je n'en aie jamais souffert personnellement, je me suis souvent indignée de l'injustice des

hommes à notre égard et de leurs iniques prétentions
au droit d'infidélité ; mais, en dehors de toutes les
lois et de tous les préjugés, ne penses-tu pas qu'il est
honteux pour une femme de se mettre dans une situation telle qu'un homme puisse lui dire : « Vous n'é-
tiez rien, vous n'aviez rien ! vous avez acquis par un
serment volontaire le droit de porter mon nom, de
partager ma richesse ; aujourd'hui vous violez ce serment, mais vous n'en conservez pas moins mes titres,
mes voitures et mes bijoux ? »

— C'est vrai, dit Léonie avec amertume, cela ressemble à un vol. On a le droit d'exiger la fidélité
d'une femme achetée si cher. Eh bien ! s'écria-t-elle,
je jetterai ma livrée d'esclave, et je reprendrai le droit
d'être une créature humaine, le droit d'aimer et de
vivre.

— Y songes-tu ? Es-tu sûre d'ailleurs que l'homme
que tu aimes portera sans souffrir avec toi l'anathème
du monde ? es-tu sûre qu'il t'aimera assez pour se
charger de toute ta vie ?

Léonie se taisait et baissait la tête.

— Ainsi, reprit Claire, tu ne sais pas même si tu

es aimée de l'homme à qui tu veux sacrifier ta dignité, ta conscience; es-tu sûre de l'aimer?...

— Aimer! aimer! dit Léonie. Sans doute, ce que j'éprouve ne ressemble ni à mes rêves de seize ans, ni aux dévorantes passions qui remplissent les romans; mais enfin j'ai un intérêt dans la vie : je désire, je crains, je souffre, j'attends, j'espère; j'échappe au vide et au néant...

— Tu t'ennuies moins, voilà tout; mais, si tu étais forcée de concentrer toute ta vie dans l'amour, tu regretterais bientôt ce que tu dédaignes aujourd'hui. Ote les irritations de l'obstacle, les émotions du mystère, la curiosité du bonheur, il ne restera du sentiment que tu crois éprouver que le remords et la honte, si tu succombes.

— Peut-être, dit Léonie avec découragement.

— Écris devant moi à ce jeune homme que tu n'iras pas chez lui, que tu veux rompre toute relation, que tu pars demain pour l'Italie, et pars sans attendre sa réponse, dit Claire avec décision.

— Mais s'il se tue?...

— Sérieusement, le crois-tu?

— Non.

— Écris, promets-le-moi, dit Claire.

Léonie promit tout. Il était tard. Madame Servin quitta son amie et rentra chez elle. — Que je te remercie de m'avoir aimée! s'écria-t-elle en se jetant tout en pleurs dans les bras de son mari; sans toi, je serais peut-être aussi malheureuse que Léonie.

VII

Restée seule, Léonie voulut apprendre à Albert qu'elle partait le lendemain; mais sa plume restait immobile entre ses doigts. — C'est impossible! dit-elle enfin; voyager avec mon mari, retomber dans ma vie d'autrefois, j'aime mieux mourir!... Claire ne sait pas ce que c'est que l'ennui! — Et elle écrivit une de ces lettres dont le sens véritable est: «Continuez à m'aimer,» bien que les mots disent: «Tout est fini entre nous!»

Pendant une semaine, Albert écrivit chaque jour à Léonie des lettres de plus en plus désespérées. Elle eut le courage de n'y pas répondre. Le neuvième jour, Albert parut se résigner, et n'écrivit pas. Léonie apprit le lendemain qu'il avait passé la soirée chez la princesse italienne. Elle connut la jalousie.—N'avait-elle grandi Albert aux yeux du monde que pour lui donner l'amour d'une autre femme? — Les tortures d'amour - propre causées par la rivalité perdent plus de femmes que l'amour. La comtesse alla, deux jours plus tard, à un bal où elle avait la certitude de rencontrer Albert. Il sut se montrer froid, amer, ironique; le lendemain, Léonie était chez lui...

Les jours qui suivirent celui-là, elle fut étonnée de trouver si peu de changement dans sa vie, d'être encore désœuvrée, enfin de ne pas éprouver ce bonheur dont parlait Claire, et qui éclatait dans le regard de madame de Rambert. Pour qu'une femme soit heureuse par l'amour, il faut que son existence puisse s'identifier complétement avec celle de l'homme qu'elle aime, qu'elle s'associe à son ambition, à ses projets, à ses rêves, et qu'en même temps la pensée d'une joie nouvelle à donner, d'un chagrin à épargner, prête du charme aux plus insignifiants détails de la vie matérielle : alors l'âme est remplie et chaque minute occupée; mais dans les relations semblables à celles de

Léonie et d'Albert, les intérêts sont presque toujours opposés, l'avenir est une menace éternelle dont on s'efforce de détourner les yeux ; les occupations, les incidents de la vie journalière, restent absolument distincts. — Je me trouve encore seule ici ; si Claire avait raison, si je ne l'aimais pas ! disait quelquefois madame de Nérandal en promenant autour de sa chambre des regards découragés.

Elle tenait cependant à conserver l'amour d'Albert. Quand une femme s'est accoutumée aux émotions d'une intrigue mystérieuse et coupable, elle redoute par-dessus tout d'y renoncer, et pourtant, si elle a encore quelque respect d'elle-même, elle repousse avec horreur la pensée de demander ces émotions à un autre homme que l'amant pour qui elle a commis sa première faute ; elle s'efforce donc de se persuader qu'elle aime. Les gens qui posent en axiome que la possession augmente l'amour chez la femme et le diminue chez l'homme sont souvent dupes de ce calcul inconscient auquel se joignent presque toujours une foule d'autres calculs. L'imagination jouant d'ordinaire un plus grand rôle chez la femme, elle doit arriver plus vite au désenchantement, quand la réalité a remplacé le rêve.

Albert aurait bien volontiers oublié la famille Chardon et ses combinaisons matrimoniales ; mais la nécessité parlait haut. Ses deux mille francs étaient loin de suffire à ses dépenses ; il faisait des dettes. Un matin, il trouva sa bourse vide devant un amas formidable de mémoires. Tous les moyens lui semblèrent bons pour sortir d'embarras. Il passa une grande heure à se demander s'il emprunterait de l'argent à Léonie, ou s'il ferait une tentative décisive sur la vanité de madame Chardon et sur le cœur de Célestine. Ce dernier parti lui parut le moins humiliant. Il manœuvra si adroitement que madame Chardon regarda bientôt le mariage de sa fille avec M. de Lanveur comme un triomphe personnel sur madame de Nérandal. Deux ou trois lettres d'amour suffirent pour tourner la tête à la jeune pensionnaire.

Le député ne pouvait pas lutter longtemps contre la volonté impérieuse de sa femme et les larmes de sa fille ; Albert eut un jour le bonheur de le voir entrer chez lui et de l'entendre discuter gravement les articles du contrat. Il faisait presque nuit quand le député quitta l'appartement de son futur gendre. Il se croisa dans l'escalier avec une femme voilée dont la robe l'effleura au passage. C'était Léonie.

— Tu ne m'attendais pas, s'écria gaiement la comtesse en entrant dans la chambre d'Albert. Je n'ai qu'une seconde à passer ici. Je suis venue pour te rappeler que je t'attends ce soir ; j'aurai une vingtaine de personnes, nous pourrons causer avant leur arrivée ; viens de bonne heure. A bientôt.

— A bientôt, dit Albert, sans regarder Léonie qui sortait.

Il tomba dans un fauteuil et resta longtemps la tête cachée entre ses mains, profondément troublé. — Après tout, se dit-il enfin, je me conduis avec elle comme elle s'est conduite autrefois avec Louis Monthal. — Cette réflexion rassura complétement sa conscience.

Vers neuf heures, les invités de Léonie arrivaient dans son salon. Elle fut vivement contrariée de les voir avant Albert. — Pourquoi tarde-t-il tant ? — se disait-elle. Elle était déjà irritée et malheureuse, quand une femme assez laide, qui se doutait de son intrigue avec

Albert, lui dit tout à coup : — Que devient M. de Lanveur ? On l'aperçoit bien rarement chez vous maintenant.

Léonie n'eut pas le temps de répondre ; un vieil avocat
qui se trouvait près d'elle saisit la question au vol.

— M. de Lanveur ne songe guère au monde en ce
moment, dit-il ; il est heureux comme un homme qui
fait à la fois une magnifique affaire et un mariage
d'inclination.

Léonie regarda l'avocat avec inquiétude ; mais elle
croyait encore à une plaisanterie.

— Qui épouse-t-il ? dit la dame laide.

— La fille d'un riche fabricant en ce moment député. Les deux jeunes gens s'aimaient depuis longtemps ; le père de la jeune fille résistait, mais il a fini
par se laisser fléchir, et tout s'est arrangé ce matin.

On entendit un cri. Léonie venait de tomber évanouie dans un fauteuil. On s'empressa autour d'elle.
M. de Nérandal avait tout entendu et fronçait
les sourcils d'une manière terrible. Les personnes
qui se trouvaient dans le salon échangeaient des
regards consternés, et ne tardèrent pas à se retirer.

On porta madame de Nérandal sur son lit. Bientôt elle rouvrit les yeux. — Madame, lui dit froidement le comte, je ne vous demanderai pas d'explication sur ce qui vient de se passer. Les faits parlent d'eux-mêmes. Avant de prendre une détermination à votre égard, j'ai besoin de réfléchir. Vous connaîtrez demain ma résolution. — Et il sortit. Léonie n'avait même pas entendu les paroles de son mari.

Sa femme de chambre voulut la déshabiller, elle la repoussa. — Qu'on me laisse seule, dit-elle. — Ses pensées la brûlaient comme un fer rouge; elle maudissait, elle injuriait tout haut Albert; puis, comme tous ceux à qui l'amour est brusquement arraché, elle avait des retours de tendresse lâches, vils, dégradants. Elle se traînait par la pensée aux pieds d'Albert, subissait tout, pardonnait tout pour le voir encore, pour entendre sa voix. Elle n'avait pas goûté les joies de la passion complète, pure, exaltée; mais elle devait connaître dans toute leur intensité les amertumes, les hontes qui suivent parfois le bonheur. Le jour la surprit dans ces tortures. La femme de chambre avait oublié de laisser retomber devant les

fenêtres les longs rideaux de soie bleue; les lueurs
blafardes d'une pluvieuse matinée de mars perçaient
les stores de gaze et venaient tomber sur le lit de
Léonie. Elle ne s'était pas déshabillée. C'était un
spectacle navrant que celui de cette femme brisée par
le désespoir, échevelée, les joues marbrées, les yeux
fixes, les paupières violettes, roulée dans des flots de
moire rose, de dentelles et de rubans.

Comme par une résolution soudaine, elle bondit
dans sa chambre, arracha les agrafes de son corsage
et jeta sur le tapis sa toilette de fête. Elle revêtit ensuite la première robe d'étoffe foncée qui lui tomba
sous la main, s'enveloppa d'un châle, noua un chapeau, et ouvrit avec précaution la porte de son appartement. Elle n'entendit aucun bruit; les domestiques dormaient. Elle traversa en tremblant la salle
à manger, l'antichambre, et se trouva bientôt dans
l'escalier. Une fois dans la rue, elle marcha rapidement, elle allait chez Albert. Peut-être voulait-elle
essayer de ranimer son amour; mais elle voulait certainement l'humilier, le voir souffrir, si tout était
fini.—Tu as cru qu'on pouvait embrasser le matin une

femme et lui faire dire le soir qu'on en épousait une autre, sans même avoir l'ennui de l'entendre se plaindre! murmurait-elle entre ses lèvres desséchées et pâlies. — Elle fut obligée de s'appuyer sur la rampe pour monter l'escalier d'Albert. Elle frissonnait de froid, de colère et de peur. Comment serait-elle reçue? Un amant qui n'aime plus paraît si redoutable quand on aime encore!

Albert, trop agité pour dormir, avait rallumé sa lampe dès cinq heures et fumait auprès d'un grand feu en écrivant à sa mère pour lui annoncer son mariage. Il fit une abominable grimace quand la porte s'ouvrit et laissa passer Léonie.

— Vous ici à cette heure? dit-il en se levant.

— Oui, moi; je suis déshonorée, perdue aux yeux de mon mari, aux yeux du monde. Je n'ai plus que toi sur la terre. Je t'aime, partons ensemble!...

— Êtes-vous folle? dit Albert avec le calme d'un homme qui a pris son parti.

— Mon mari sait tout; je suis perdue. Comprends-tu?... Que veux-tu que je devienne si tu m'abandonnes? dit Léonie avec une douceur plus poignante que les cris et la fureur.

— Mais vous savez bien que je me marie, dit Albert, qui, craignant de s'attendrir, voulait en finir le plus tôt possible.

A ce mot, Léonie éclata.

— Vous osez me dire cela après tous vos serments! s'écria-t-elle folle de douleur et de colère. Et si je ne veux pas que ce mariage se fasse? J'ai plus de droits sur vous que cette femme! Est-ce qu'elle a menti? est-ce qu'elle a trompé? est-ce qu'elle a rougi? est-ce qu'elle s'est déshonorée pour vous? Vous ne pouvez pas l'épouser, vous ne l'épouserez pas.

Et Léonie se promenait à grands pas dans la chambre. Albert, immobile, la regardait d'un air qui disait clairement : — Combien de temps cela va-t-il durer? — Léonie, épuisée, tomba sur une chaise et fondit en larmes. — Il y a pourtant des femmes aimées, des femmes heureuses, murmurait-elle sans savoir ce qu'elle disait : Madame de Rambert, Claire!

Albert n'avait jamais entendu parler de madame de Rambert, mais il connaissait Claire. Il se sentait assez de torts pour éprouver le besoin d'avoir raison, et saisit avec empressement l'occasion de se justifier.

— Madame Servin pouvait consacrer toute sa vie à
l'homme qu'elle choisissait, dit-il; quand je vous ai
connue, vous ne pouviez plus vous dévouer à moi :
je n'ai donc jamais eu la pensée que je dusse me dévouer à vous. Nous avons passé ensemble quelques
belles heures d'illusion et de bonheur : c'était tout ce
que nous pouvions réciproquement nous donner.
Ce qui arrive aujourd'hui devait arriver tôt ou tard,
vous le savez comme moi. La vie est ainsi. Si vous
vous rappeliez le passé, vous trouveriez peut-être dans
votre propre conduite des excuses à la mienne...

— Assez, monsieur... interrompit Léonie d'une
voix étouffée. Ce fut tout. Il n'y a que les femmes
dont l'âme est très-grande, très-pure, qui sachent retrouver de la dignité sous la première étreinte du
désespoir. Devant la lâcheté et la trahison, l'amour
meurt chez elles. La comtesse se leva pâle, tremblante,
accablée, et quitta la chambre d'Albert.

Il pleuvait à torrents quand elle se retrouva dans la
rue. Elle demeurait près de la Madeleine; mais l'idée
de prendre une voiture ne lui vint pas. La pluie
fouettait son visage et mouillait ses épaules sans qu'elle

s'en aperçût. Personne n'aurait reconnu la comtesse de Nérandal dans la femme aux traits livides et contractés qui traînait avec peine dans une boue épaisse ses pieds chaussés de satin blanc. Combien d'histoires d'amour commencées au bal, le sourire aux lèvres, à propos d'une fleur parfumée, finissent ainsi!

Il était sept heures et demie du matin. A cette heure-là, au mois de mars, il n'y a dans les rues de Paris que des maraîchers et des marchands de lait; Léonie arriva jusqu'à son hôtel sans être remarquée. En rentrant dans son appartement, elle rencontra sa femme de chambre. Cette fille ne put retenir un cri de surprise à la vue de sa maîtresse. C'était une créature dévouée; elle déshabilla promptement Léonie, la mit au lit, et s'empressa de faire disparaître ses vêtements souillés de boue. La comtesse se laissa faire sans résistance. Elle était déjà tombée dans cet état de complète atonie qui succède aux irrémédiables désastres. Peut-être allait-elle s'endormir quand son mari entra dans sa chambre.

Le comte de Nérandal était un homme sans principes, fort indifférent au bien et au mal, mais plein

de respect pour les conventions sociales. Il détestait
le bruit, le scandale, et redoutait par-dessus tout le
ridicule. Cette manière d'envisager la vie aurait suffi
pour le faire reculer devant la publicité d'une séparation judiciaire. En outre, la perspective d'une vieillesse vouée à l'isolement et à l'abandon effrayait son
égoïsme. Depuis longtemps il n'aimait plus sa femme,
ce qui lui permit d'examiner froidement la situation
et de se tracer un plan de conduite conforme à ses
véritables intérêts. Pour sauver sa dignité, il résolut
de voiler ses calculs sous les apparences d'une générosité magnanime, bien qu'il eût l'intention arrêtée
de ne jamais pardonner.

— Madame, dit-il à Léonie, mon bonheur est ruiné;
mais votre réputation sera sauvée. Vous m'avez rendu
le séjour de Paris impossible : dans deux mois, nous
nous retirerons dans nos terres. Jusqu'à cette époque,
j'exige que vous ne changiez rien à vos habitudes.
Nul ne doit soupçonner vos torts et votre désespoir.

Léonie ne répondit pas, et le comte, un peu em-
barrassé, la laissa bientôt seule.

Dans la soirée, M. de Nérandal fit demander à sa

femme à quelle heure elle désirait sortir. Léonie lui fit répondre qu'elle avait la fièvre. Le valet de chambre du comte parut quelques minutes après dans la chambre de la comtesse, et lui remit un billet qui ne contenait que ces mots : « Je serai dans une heure chez vous ; soyez prête. » Léonie se leva, s'habilla et se laissa traîner dans un salon. Le mariage d'Albert était la nouvelle du jour. Elle dut subir la curiosité indiscrète, les plaisanteries perfides des indifférents et les consolations plus perfides encore de ses amies intimes. Une jolie femme abandonnée par son amant est une proie sur laquelle les prudes hypocrites, les vertus hargneuses et les amours-propres blessés s'acharnent avec une égale volupté. Le supplice se renouvela tous les soirs pour Léonie. Elle arriva bientôt à soupirer après le jour de son départ comme après le jour de sa délivrance.

VIII

Enfin un matin, deux semaines après le mariage d'Albert, le comte et la comtesse de Nérandal quittèrent Paris. A partir de ce jour, Léonie fut morte pour le monde. Pendant le cours de seize années, Claire Servin, la seule personne avec qui elle eût conservé des relations, ne reçut d'elle que quelques lettres dont voici des fragments :

avril 184...

« Il y a sept ans, j'étais belle, j'étais intelligente, je possédais l'amour d'un homme grand par le cœur et par l'esprit; je l'aimais, j'étais libre... J'ai usé de ma liberté pour fouler aux pieds mon cœur et ma fierté, pour tendre les mains aux chaînes les plus avilissantes et les plus lourdes, parce que j'avais vu briller sur ces chaînes des pierreries et un blason. Après avoir désiré la servitude, je n'ai même pas su pratiquer la vertu de l'esclave, la fidélité; j'ai trompé mon maître. Je souffre justement; j'ai été bien coupable, mais toute la responsabilité de ma faute doit-elle retomber sur moi? A l'époque de mon mariage, si tous les gens qui remplissaient les salons, dont l'opinion est notre loi, avaient pu savoir que je repoussais Louis Monthal pour épouser le comte de Nérandal, bien des

voix se fussent élevées pour m'approuver, pas une
seule peut-être pour me flétrir. »

184...

« Je viens de passer dans ma chambre toute une
froide journée d'octobre. Ce n'est plus l'été, ce n'est
pas encore l'hiver; le feu s'éteint dans la cheminée,
et une pluie fine m'empêche d'ouvrir les fenêtres. Mes
yeux s'égarent sur un paysage mesquin et monotone.
Pas un être vivant dans les champs, pas un oiseau
dans l'air, pas un cri, pas un bruit. Eh bien! cette nature morne, terne, désolée, muette, est moins morne,
moins terne, moins désolée, moins muette que ma vie.

» Puisses-tu ne jamais savoir combien les heures
sont longues et pesantes quand on n'a ni affection ardente au cœur, ni distractions, ni souvenirs conso-
lants, ni espérances!

» Je regrette aujourd'hui mes souffrances; je vivais
encore pendant les deux premières années que j'ai
passées ici. Ma tristesse prêtait une mélancolique
poésie aux sites vulgaires qui m'entourent; les livres
qui parlent d'amour brûlaient mes mains, des pensées de révolte, des rêves d'indépendance faisaient

bouillonner mon sang, des larmes de regret et de colère roulaient parfois sur mes joues. Maintenant toute vibration a cessé, tout écho du passé s'est tu, tout parfum de jeunesse s'est évaporé. Je ne me débats même plus contre l'ennui; je m'abandonne sans résistance à une torpeur stupide.

» A quoi bon lutter? Le comte n'a-t-il pas, de son côté, toutes les forces, tous les droits? Pendant longtemps, j'ai vaguement espéré qu'il se fatiguerait de cette existence solitaire... Non. Jamais il n'a paru si heureux. Il fait défricher des champs, s'occupe activement de tous les intérêts du département; enfin il semble prendre chaque jour un nouveau plaisir à m'accabler sous le poids de son implacable clémence. Dans notre tête-à-tête éternel, jamais un reproche ne sort de sa bouche; mais il ne m'adresse pas une fois la parole, il n'arrête pas une fois ses yeux sur les miens, sans que son intonation ou son regard dise clairement : « N'oubliez pas que vous n'êtes qu'une épouse coupable. » Pourquoi ne m'a-t-il pas tuée le jour où il a su ma faute? »

juillet 184...

« Encore *lui*!... encore *elle*!... J'étais presque rési-
gnée, presque calme; hier, je m'étais endormie paisi-
blement. Cette nuit, je ne me suis pas couchée; le vent
du matin passe sur mon front sans le rafraîchir; les
murs de cette chambre m'étouffent, la solitude me tue.

» Notre château est situé, tu le sais, à quelques
lieues seulement de Mont-de-Marsan. M. de Nérandal
avait quelques affaires dans cette ville, j'ai consenti à
l'accompagner. A l'heure du dîner, la maîtresse de
l'hôtel où nous étions descendus a demandé au comte
la permission de placer à notre table un monsieur de
de Paris, qui venait d'arriver en chaise de poste avec
sa femme. Le comte n'a fait aucune objection à cet
arrangement. En entrant dans la salle à manger, je
me suis trouvée en face de Louis Monthal et de madame de Rambert, de sa femme... Pourquoi ne m'as-
tu pas parlé de leur mariage?...

» Elle était encore plus belle dans son costume de
voyage que dans le pavillon du faubourg Saint-Jacques; cette femme que je déteste comme si elle m'a-
vait volé mon bonheur. Moi, je suis sans doute bien

changée, car au premier abord ils ne m'ont pas reconnue.

» M. de Nérandal a bientôt su qu'il avait pour con-
vive l'un des plus illustres écrivains de notre époque,
et s'est mis en frais d'amabilité. La conversation s'est
animée : on a parlé voyages, art, politique. Quel
mouvement dans les pensées de Louis et de sa femme!
quelle éloquence dans leurs paroles! quelle vie dans
leurs regards! Il semble que le monde leur appar-
tienne, et soit destiné tout entier à leur bonheur. J'ai
compris, en les écoutant, jusqu'à quelle profondeur
j'étais descendue dans la tombe.

» Combien j'ai souffert pendant ce dîner! Dès qu'il
a été terminé, je me suis empressée de remonter dans
ma chambre. J'y étais depuis quelques instants, lorsqu'une porte s'est ouverte près de la mienne. Deux
personnes sont entrées en causant dans l'appartement
voisin. J'ai reconnu la voix de madame de Rambert;
elle parlait de moi.

» — Pauvre femme, disait-elle, quelle existence!

» — Elle a mérité sa destinée, répondait Louis.

» — Que vous êtes durs envers nous! reprit sa

femme ; tu as donc oublié que, moi aussi, j'ai mérité le blâme du monde. Ne t'ai-je pas aimé quatre ans sans qu'il me fût permis de porter ton nom et d'avouer mon bonheur ?

» — Anna, dit Louis après un instant de silence, ne te compare jamais à cette femme ; quand je t'ai raconté les douleurs de ma jeunesse, tu as pleuré, tu as maudit celle par qui j'avais souffert : eh bien ! la comtesse de Nérandal, que tu as vue si brillante et si belle, et que tu viens de retrouver humiliée et flétrie, s'appelle Léonie...

» Il s'est fait un long silence. Je pleurais de rage et de honte ; j'avais envie de crier tout haut que j'étais la plus heureuse des femmes.

» — C'est par une soirée semblable que nous nous sommes vus pour la première fois, dit tout à coup madame de Rambert en ouvrant la fenêtre.

» Louis murmura d'une voix émue quelques paroles que je ne compris pas. Ils s'accoudèrent sur le balcon ; ils m'avaient déjà oubliée. Je me sentis plus seule que jamais. On vint me prévenir que le comte m'attendait. Je descendis, et nous montâmes en voiture.

« A une demi-lieue de Mont-de-Marsan, la chaise
de poste qui emportait Louis et sa femme vers les
Pyrénées nous rejoignit; elle dépassa rapidement
notre voiture. La soirée était orageuse, un immense
nuage noir était suspendu sur nos têtes; mais à l'ex-
trémité de la route le soleil se couchait ardent et splendide. Je restais dans les ténèbres, ils s'élançaient vers
la lumière; n'est-ce pas toute l'histoire de leur vie et
de la mienne?

» La nuit vint; mon imagination s'exalta. La pensée que j'allais rentrer dans ce château, dans cette
prison glacée, me rendait folle. « Je ne demande plus,
me disais-je, ni les plaisirs que donne la richesse,
— je connais trop bien le vide de ces plaisirs, — ni les
joies de l'amour, — je n'ai su ni aimer ni me faire
aimer; je demande la liberté, seulement la liberté... »

» On s'arrêta à moitié route, dans un village, pour
faire reposer les chevaux. Un sauvage vertige d'indépendance s'empara de moi : je méditais d'ouvrir la
portière, de sauter sur la route et de m'enfuir n'importe où, quand le comte, qui dormait depuis longtemps, s'éveilla. Il fit sonner sa montre : « Neuf heures

et demie, dit-il ; nous ne pourrons pas faire le whist
ce soir, nos voisins n'auront pas eu la patience de
nous attendre... Pourvu que cet imbécile de Jean ait
rentré les foins : il va pleuvoir.... » continua-t-il en
mettant la tête à la portière.

» Je me rejetai anéantie au fond de la voiture. Une
partie de whist avec un campagnard idiot et une provinciale ridicule pour partners, quelques meules de
foin sauvées ou perdues, voilà toutes les jouissances,
toutes les préoccupations du monde où je vis !...

» Les voisins n'étaient pas partis. Nous avons fait
le whist ; nous le ferons demain, après demain, toujours... Comprends-tu, Claire ? toujours... »

1852.

« Pourquoi t'affligerais-tu de vieillir ? Chaque année, après t'avoir apporté du bonheur, te laissera des
souvenirs. Les souvenirs, c'est la vie encore, la vie
débarrassée des scories de la réalité, spiritualisée,
meilleure peut-être. Quand on a amassé de tels trésors, on peut affronter joyeusement la vieillesse ; mais
moi, moi, condamnée à voir mes plus précieuses an-

nées, les dernières de ma jeunesse, peser lourdement
sur ma tête pour retomber une à une dans le néant,
puis-je songer à l'avenir sans désespoir? »

185...

« Le comte de Nérandal est mort il y a quinze
jours. Je suis riche, je suis maîtresse de mes actions,
et je ne quitterai pas la campagne. Ne va pas te ré-
crier, ma chère Claire ; avant de prendre cette résolution, j'ai mûrement réfléchi, j'ai compté bien des fois
les rides de mon visage et les cheveux blancs de mes
bandeaux. J'ai quarante-deux ans; ma santé est ruinée, mon âme est encore plus éteinte, plus brisée que
mon corps. Je ne suis plus qu'une vieille femme; je
ne peux inspirer que la pitié. Madame de Rambert
est encore belle et adorée; toi, tu es toujours charmante, et tu admires chaque matin dans ta fille une
grâce nouvelle. Je souffrirais trop près de vous. Ici,
je réussirai peut-être à oublier que moi aussi j'aurais
pu être heureuse! »

FIN

Paris. — Imprimerie de A. Wittersheim, 8, rue Montmorency.

COLLECTION MICHEL LÉVY.

Volumes parus et à paraître. — Format grand in-18, à 1 franc.

PARIS. — TYP. MORRIS ET COMP., RUE AMELOT, 64.

www.ingramcontent.com/pod-product-compliance
Lightning Source LLC
Chambersburg PA
CBHW050151030726

47505CB00005B/1331